o prisioneiro

anand dílvar

o prisioneiro

SEXTANTE

Título original: *The Slave*

tradução: Maria Beatriz de Medina

preparo de originais: Raphani Margiotta

revisão: Hermínia Totti e Juliana Souza

diagramação: Natali Nabekura

capa: Angelo Allevato Bottino e Fernanda Mello

imagem de capa: Masterfile/Latinstock

impressão e acabamento: Lis Gráfica e Editora Ltda.

CIP-BRASIL. CATALOGAÇÃO NA PUBLICAÇÃO
SINDICATO NACIONAL DOS EDITORES DE LIVROS, RJ

D575p Dílvar, Anand
O prisioneiro/ Anand Dílvar; tradução de Maria Beatriz de Medina; Rio de Janeiro: Sextante, 2018.
112p.; 14 x 21cm.

Tradução de: The Slave
ISBN 978-85-431-0603-8

1. Ficção mexicana. 2. Inspiração I. Medina, Maria Beatriz de. II. Título.

18-47705 CDD: 868.99213
CDU: 821.134.2(72)-3

GMT Editores Ltda.
Rua Voluntários da Pátria, 45 – Gr. 1.404 – Botafogo
22270-000 – Rio de Janeiro – RJ
Tel.: (21) 2538-4100 – Fax: (21) 2286-9244
E-mail: atendimento@sextante.com.br
www.sextante.com.br

A meu professor Marco Amezcua.
Pelo prazer de tê-lo como amigo.

SUMÁRIO

"O mais difícil é morrer e renascer."

— BUDA

PREFÁCIO

VALE A PENA LER E RELER ESTE LIVRO ALGUMAS VEZES. Sua linguagem é objetiva e prazerosa; a história é legítima. Quem não é ou nunca foi escravo de problemas, temores e culpa? Com rapidez e simplicidade, o autor nos guia pelo universo da mente até onde podemos encontrar nosso Eu mais profundo, e parece que só conseguimos ouvi-lo quando não podemos falar.

O autor aprimorou e apresenta aqui todo o conhecimento que adquiriu na Universidad Gestalt com sua experiência em longas viagens pela Ásia, principalmente à Índia.

O personagem principal deste livro representa todos nós. Por meio dele, passamos a entender que, quando tentamos fugir da realidade com álcool e drogas, não enxergamos os milagres que nos cercam. Por meio dele, também começamos a compreender que só damos valor ao que temos quando o perdemos.

Este livro, caro leitor, vai mantê-lo em um estado constante de suspense. Depois que começar a ler, você não vai conseguir largá-lo.

Ele é uma ode à vida.

– DR. HÉCTOR SALAMA PENHOS
Diretor da Universidad Gestalt

CAPÍTULO • 1

QUANDO RECUPEREI OS SENTIDOS, PERCEBI NA MESMA hora que havia algo muito errado comigo.

Uma luz ofuscante feria meus olhos, mas eu não conseguia piscar. Tentei virá-los, mover os braços e cobrir o rosto com as mãos, mas não consegui fazer nada disso.

Todo o meu corpo estava paralisado, dilacerado por uma dor excruciante e mais gelado do que nunca.

Tentei em vão gritar por socorro. Havia algo em minha boca que fazia a garganta arder e um ruído terrível trovejava em meus ouvidos.

Várias horas se passaram enquanto minha mente rodopiava em desespero. À medida que alguns pensamentos coerentes conseguiam romper a barreira da dor de cabeça, avancei do desespero para o puro pavor.

Onde estou?

O que aconteceu comigo?

Será que morri?

Um misto de dor e medo me fez desmaiar. O que foi bom, porque me proporcionou um pouco de alívio.

Não sei se horas ou dias se passaram até que acordei de novo.

Ainda não conseguia me mexer e meus olhos permaneciam arregalados. A dor tinha diminuído ligeiramente, a luz ainda me incomodava, mas estava mais suportável. Foi então que percebi que o ruído horrível que eu escutava era um tipo de respiração forçada, profunda e pesada... Não era a minha respiração, disso eu tinha certeza.

O fato de o tormento físico ter diminuído um pouquinho abriu as portas para um tipo completamente novo de sofrimento: confusão mental e necessidade de respostas.

Estou mesmo morto?

De quem é essa respiração ruidosa que estou escutando?

O que é isso que está machucando a minha garganta?

Pouco a pouco, as lembranças do que eu pensava ser o dia anterior surgiram como lampejos: a festa, as bebidas, a briga com a Laura, a insistência do Eduardo para que eu experimentasse a droga estúpida que o deixara tão empolgado.

– Pare de beber, por favor! Não vê que assim você vai se matar? – gritou Laura. – É isso que você quer?

– Não quero morrer, só quero fugir.

– Fugir do quê? Você está maluco?

– Sim, estou maluco e você não me entende! Ninguém me entende!

Joguei na boca os dois comprimidos azuis que havia aceitado do Eduardo. Era a última coisa de que me lembrava.

Meu Deus, agora entendi! Eu me matei.

Isso não pode estar acontecendo! O que há de errado comigo? Por que não posso me mexer? Por que não consigo fechar os olhos?

Aquele idiota me envenenou. E agora estou no inferno, pagando pelo que fiz... É pior do que eu imaginava.

Nunca acreditei em vida após a morte, mas naquele momento parecia não haver outra explicação.

Por favor, Senhor! Por favor, me perdoe! Conceda-me outra chance...

O som de uma porta se abrindo interrompeu meu pensamento. Ouvi uma voz feminina.

– Que barulheira faz essa porcaria de aparelho! – reclamou ela.

– É o único que temos. Você sabe como são as coisas aqui – disse um homem.

– É um absurdo só termos um aparelho de ventilação mecânica.

– Pois é. Temos que fazer o possível.

– E o que aconteceu com ele?

– Por que não dá uma olhada você mesma?

Senti um tecido ser puxado do meu rosto e vi uma mulher de uniforme branco me fitando com espanto.

– Ei, ele está acordado!

O homem em pé ao lado dela se inclinou para ver melhor.

– Não, ele já estava assim quando foi trazido. Quando o deixaram no pronto-socorro, disseram que tinha sido um acidente de carro e que ele estava fora de si, mas ainda consciente. Ficava repetindo "Desculpe, Laura" o tempo todo. Depois entrou em coma. Ele tem algo como um *rigor mortis*; não conseguimos fechar os olhos dele.

– Pobre coitado! Seria melhor ter morrido.

– Melhor para nós, você quer dizer. Agora precisamos manter esse vegetal vivo, usando um leito que poderia salvar outra pessoa. Que desperdício!

– Você acha que ele consegue ver, ouvir ou sentir alguma coisa?

– É claro que não, veja só...

Vi um tubo se aproximar do leito e senti uma pontada de dor no braço.

Isso dói, seu imbecil! Estou vivo... E acordado! Socorro!!!

Tentei gritar em vão.

– Você pode aproveitar para trocar o soro, já que estamos aqui – disse o homem. – Alguém tem que regar os vegetais!

Os dois riram, e uma onda de raiva e desespero tomou conta de mim.

O homem saiu do quarto. A mulher trocou uma garrafa pendurada ao lado da cama e logo foi atrás dele.

Agora eu tinha algumas respostas. Repassei a conversa na cabeça:

Um acidente...

Entrou em coma...
Desculpe, Laura...
Alguém tem que regar os vegetais...
... regar os vegetais...
... os vegetais...

CAPÍTULO • 2

NOS PRIMEIROS DIAS, CONSEGUI EXAMINAR O QUARTO onde eu estava. Isto é, a parte do quarto que cabia no meu limitado campo de visão.

Acima de mim havia uma lâmpada de teto fluorescente que parecia prestes a cair.

À direita da cama havia um suporte para o soro que a enfermeira vinha trocar uma vez ao dia. Mais à direita, notei um tubo contendo uma bomba parecida com um fole preto, que subia e descia no ritmo do que eu agora passara a considerar "minha respiração".

À minha esquerda havia uma máquina que parecia complexa, com interruptores, luzes e displays. Mais tarde, descobri que ela era responsável por controlar minha respiração, meu ritmo cardíaco e os nutrientes ministrados por um tubo que entrava no meu estômago.

Atrás dessa máquina era possível ver parte de uma janela, que era uma das principais causas do meu tormento: a luz que entrava através dela toda manhã me feria os olhos, me acordava e me trazia de volta àquele inferno.

A dor física não era nada comparada à tortura mental. Desamparo, culpa, raiva, medo e incapacidade de exprimir qualquer uma dessas emoções se combinavam em minha cabeça como numa conspiração para me enlouquecer.

Todo dia eu desejava não acordar, torcia para que a máquina quebrasse e pusesse fim ao meu sofrimento.

O que dava aos médicos o direito de me manter ali? Que razão havia para que me mantivessem vivo? Eu me via em um maldito estado vegetativo, incapaz de me mexer e de falar!

Fui tomado por uma sensação de impotência que começou a se transformar em ódio. Ódio dos que me mantinham vivo, ódio da própria vida.

A enfermeira estava certa: seria melhor ter morrido. Ainda assim, todo dia ela entrava no quarto com uma expressão apreensiva para trocar o soro que me alimentava. Ela acreditava que eu estava inconsciente, então nunca me olhava nos olhos. Verificava se todos os tubos que conectavam meu corpo à máquina estavam corretamente posicionados e saía correndo assim que podia.

Todo dia, quando a via chegar, eu implorava em pensamento para que ela não cuidasse de mim. Será que ela não percebia que não me fazia favor algum me mantendo vivo?

Por favor, me deixe em paz!, suplicava a ela. *Se tem tan-*

to medo de olhar para mim, por que simplesmente não para de vir? É só me deixar morrer...

No entanto, fui forçado a observá-la cumprir sua rotina muitas e muitas vezes...

Maldição! Quero que isso acabe!

Por favor, alguém faça alguma coisa! Alguém me ajude! Não quero mais viver!

– É melhor se acostumar. Parece que vai ficar aí por um bom tempo – uma voz me disse.

Não havia mais ninguém no quarto.

– Dessa vez você se ferrou de verdade, não foi? – continuou a estranha voz.

Quem é você? Um anjo?, perguntei, assustado. Aquela voz não parecia vir de fora de mim.

– Ora! Não me diga que o maior ateu do mundo agora acredita em anjos!

Como é que você sabe o que penso? Será que enlouqueci?

– É bem possível.

Então você não é real?

– Olhe, não tenho como lhe dizer nada que você já não saiba... Talvez mais tarde você se dê conta de quem eu sou.

Laura está bem? Por que meus pais não vieram me visitar? Quando vou morrer? Isso é alguma espécie de castigo?

– Não seja tão cabeça-dura! Já disse que não sei de nada que você não saiba.

Nesse caso, você não está me ajudando muito.

– Posso ir embora se quiser.

Não!!! Por favor, não vá.

Foi quando lembrei que Laura falava o tempo todo sobre guias espirituais. Ela acreditava que, se meditássemos bastante, conseguiríamos nos comunicar com eles, embora eu achasse isso uma grande bobagem.

– Também acho, embora eu tenha de admitir que gosto dessa coisa de "guia" – comentou a voz.

Seria possível que um guia espiritual fosse tão grosseiro e sarcástico?

– Olha aqui, cara, se não gosta de mim, vou embora e pronto.

Não, não. Não se irrite. Só estou tentando entender o que está acontecendo.

– Talvez você devesse ter tentado antes de se meter nessa encrenca.

Eu só queria fugir para me livrar dos meus problemas!

– Exato! Você queria se livrar dos seus problemas e se transformou em um prisioneiro.

Um prisioneiro?

– Você não tem livre-arbítrio, não pode se mexer nem falar. Não conseguiria nem se matar, se quisesse.

E você só apareceu aqui para fazer eu me sentir ainda pior com isso?

– "Apareci"? Sempre estive aqui; o problema é que antes você não queria me escutar. Além disso, ninguém pode fazer você sentir nada.

Que estupidez. Como assim, ninguém pode me fazer sentir nada? Meus pais sempre me irritaram, meus irmãos faziam eu me sentir inferior, minhas namoradas sempre me colocavam para baixo e me feriam.

– Vou explicar melhor: antes de vir parar aqui, você

era livre como um pássaro. Nada nem ninguém tinha domínio sobre você. Você podia ter feito qualquer coisa que desejasse, pois estava no controle da sua vida.

O que isso tem a ver com meus sentimentos?

– Por que a pressa? Temos tempo de sobra para conversar à vontade...

Você é um filho da p...!

– Você também era livre para pensar o que quisesse e, assim, escolher como se sentia.

Escolher como me sentia?

– Isso mesmo. Seus sentimentos vêm dos seus pensamentos. Funciona assim: você pensa em algo triste e se sente triste. Você pensa em algo que o aborrece e fica zangado. Você acha que os outros podem feri-lo, desapontá-lo ou fazer com que se sinta mal, mas na verdade ninguém pode entrar na sua mente e forçá-lo a sentir nada. Mesmo agora, quando os outros podem mover seu corpo e fazer o que quiserem com ele ou desligar a máquina que o mantém vivo, você ainda controla sua mente.

Achei que você tinha dito que não sabia nada que eu não soubesse.

– Bem, isso prova que você não é tão estúpido quanto você pensava.

O quê?

– Você vivia culpando as pessoas e as circunstâncias pelo que deu errado na sua vida. Você se via sempre como vítima.

É isso mesmo. Minha vida não foi fácil. Basta olhar minha família! Além disso, sempre tive azar.

– Ah, coitadinho! Quando pensa assim, você se torna escravo do seu passado, prisioneiro dos desejos dos outros, das circunstâncias e da sorte.

Então eu deveria ter controlado tudo o que me aconteceu? Deveria controlar os outros?

– Você não pode controlar as circunstâncias, mas pode controlar sua reação a elas. Você estava e ainda está no controle do que acontece dentro da sua mente. É você quem decide o que pensa e como reage a cada situação.

Ah, sei. E como é que eu reagiria bem aos problemas que tive?

– Você tinha a opção de vê-los como problemas ou como obstáculos a superar, como maldição ou como desafio. Se não coubesse a você decidir como reagir, a quem caberia?

Agora você está me deixando maluco. Quer dizer que a única pessoa responsável por tudo de ruim que me acontece sou EU?

– VOCÊ está se deixando maluco. Além disso, não se trata de pôr a culpa em alguém. Mas me diga... quem estava movendo a sua mão enquanto você tomava uma bebida atrás da outra? Quem pôs na sua boca aqueles comprimidos que o trouxeram até aqui?

Achei que eu ia explodir. Sempre pensei que exprimir as emoções é um tipo de válvula de escape, mas eu não conseguia nem chorar. Estava furioso com o que meu "guia" me dizia, só que ele tinha absoluta razão em tudo.

Por sorte, naquele momento algo aconteceu para distrair minha atenção: a porta se abriu e uma enfermeira entrou. Não era a mulher rabugenta que costumava trocar meu soro. Ela chegou até o leito e se curvou para me olhar.

Vi muita tristeza em seus olhos verdes. O cabelo louro ficava caindo o tempo todo em seu rosto, e ela tentava prendê-lo atrás da orelha. Ela me examinou por alguns segundos e consegui ler seu nome no crachá do hospital: Faith, "fé".

– Oi – disse ela.

Oi, Faith, imaginei que lhe respondia.

– Veja em que estado você ficou, coitadinho.

Ah, você sabe, a vida é assim, continuei com a conversa na cabeça.

Ela acariciou meu cabelo e disse:

– Não se preocupe, vou cuidar de você.

Obrigado.

– Sabe, ela está MUITO mais perto de ser um anjo do que eu – disse meu guia. – E também é uma gracinha!

Com cuidado, ela trocou o soro, reacomodou os travesseiros sob minha cabeça e verificou se as máquinas em volta estavam funcionando como deviam.

– Até amanhã – falou ela ao se virar para sair.

Até amanhã, respondi.

– Até amanhã, gostosa!!! – gritou o guia em minha cabeça.

CAPÍTULO · 3

NAQUELA NOITE, TIVE UM SONHO ESTRANHO. EU ERA uma marionete de madeira, com cordões presos aos pés, às mãos e à cabeça. Na outra ponta dos cordões, várias pessoas se revezavam para me movimentar: vi meus pais, um ou dois professores, o padre da igreja que eu frequentava e uma ex-namorada. Todos se divertiam muito, rindo e me fazendo pular e dançar, colocando-me em posições ridículas e me fazendo gesticular como um chimpanzé.

No sonho, eu sabia que podia romper os cordões com facilidade, mas preferia deixar que me manipulassem. Era confortável, fácil, algo a que eu já estava acostumado. Entendi que eu mesmo havia me condicionado a deixar que os outros tomassem as decisões por mim em vez de assumir minhas responsabilidades.

Quando todos se cansaram de brincar comigo, largaram-me no chão, que se transformou num leito de hospital. Reconheci a lâmpada de teto do meu quarto. Eu tinha acordado.

Dormir de olhos abertos dava a sensação mais esquisita do mundo; era difícil adormecer à noite e, de manhã, às vezes era complicado saber onde terminava o sonho e começava a realidade. Alguns dias eu sabia que estava sonhando porque conseguia me mexer e não estava mais naquela situação horrível. Então corria o mais rápido e para o mais longe possível e torcia para nunca acordar; mas, dia após dia, eu me via olhando a lâmpada, o teto, o fole preto subindo e descendo e a máquina que me mantinha preso naquele pesadelo sem fim.

A porta se abriu e Faith entrou. Ela trazia um recipiente plástico com água.

– Bom dia! – cumprimentou com animação.

Bom dia, respondi como sempre.

– Hoje é dia de banho.

Ah, meu Deus, não! Por favor, que vergonha!

Ela tirou o lençol e a camisola branca de hospital que cobriam meu corpo nu. Eu ardi de vergonha e desamparo. Era mesmo o fantoche com que sonhara, e os outros de fato podiam fazer comigo o que quisessem.

Mas algo nos olhos dela me acalmou. Acho que, em vez de ver um homem pelado, ela via apenas mais um paciente, como os muitos de quem cuidava todo dia.

Ela umedeceu a esponja e começou a limpar meu rosto.

– Veja só, você é muito jovem.

Por que ela conversava comigo? Será que sabia que eu conseguia ouvir?

– E também não é feio – admitiu ela, com um sorriso tímido e corando um pouco. – Espero que não esteja consciente, coitadinho.

Eu estou consciente!!!

– Espero que já tenha ido embora e que só seu corpo tenha restado.

Não!!! Estou aqui! Consigo ver e ouvir você!

– Acho que, se ainda estiver aí, deve se sentir muito sozinho.

Ela ficou perdida em pensamentos por um instante e uma lágrima escorreu devagar pelo seu rosto.

– Eu também me sinto sozinha, sabe? Meu marido morreu alguns anos atrás. – Ela enxugou os olhos na manga do uniforme branco. – Desde então, tenho me sentido paralisada, insegura e amedrontada. – Ela falava enquanto passava a esponja no meu corpo. – Eu me sinto paralisada pelo medo, pelo trauma...

Você é bonita, pensei. *E tão livre...*

– Queria ser mais corajosa. Queria ousar mais. Talvez voltar à universidade ou encontrar outro parceiro, sei lá, essas coisas.

Ela terminou de me secar e, enquanto me vestia com a camisola, percebi que era do contato humano que eu mais sentia falta. Tive vontade de lhe pedir que não saísse, que ficasse conversando comigo mais um pouco.

– Tenho que voltar ao trabalho. Depois passo aqui de novo para trocar seu soro.

Por favor, não vá. Fique mais um pouco.

Faith acariciou meu cabelo uma última vez e me olhou com carinho por alguns segundos.

– Tenho certeza de que sua família está procurando você e logo virá visitá-lo, Zé.

Ela saiu do quarto e fiquei sozinho mais uma vez.

Zé? Então eles não sabem quem sou.

Ela tem razão, eu me sinto sozinho aqui... anônimo e sozinho... E agora entendo que é tudo culpa minha.

– A culpa é um sentimento sem sentido – disse meu guia.

Fiquei muito feliz porque, embora as coisas que dizia me incomodassem, conversar com ele era a melhor maneira de passar o tempo na prisão em que meu corpo tinha se transformado.

É claro que a culpa é toda minha. Se tenho de aceitar que não fui um fantoche das circunstâncias, então o único culpado por tudo o que aconteceu sou eu!

– A vida é cheia de contradições; nascemos livres, mas temos que trabalhar para manter nossa liberdade e aceitar a responsabilidade por ela. Veja você: está vivo, mas ao mesmo tempo não está. Os médicos acham que você está em estado vegetativo, mas está consciente. Por outro lado, Faith tem liberdade e a possibilidade de fazer o que quiser, mas se sente paralisada como você.

Ela disse que se sente assim por causa de um trauma.

– A palavra trauma vem do grego. Significa ferida.

É, li isso num livro de psicologia.

– É claro que leu. Se não tivesse lido, eu não poderia ter dito isso. Pare de me interromper... Esta é a primeira contradição da vida: o ser humano nasce cem por cento livre, mas totalmente dependente. Na verdade, de todos os animais, nós somos os que mais precisam de atenção dos pais. A criança sabe que, se os pais não cuidarem dela, ela vai morrer. Assim, o amor se torna uma questão de vida ou morte. Essa criança nasce sem saber de nada. Com quem você acha que ela aprende tudo sobre a vida?

Com os pais.

– Isso mesmo. Se você chegasse a outro planeta e visse todo mundo batendo em todo mundo, concluiria que esse era o modo normal de se comportar, não é?

Como aquele patife do meu pai, que batia em todos nós.

– Pois é. A criança também não sabe nada sobre si... Com quem você acha que ela aprende?

Com os pais, é claro.

– Isso mesmo. A criança acha que esses dois seres humanos poderosos de quem sua vida depende sabem tudo e estão sempre certos. Quando seu pai lhe dizia "Você é um idiota e não presta para nada", você acreditava nele.

É claro que não acreditava!

– Não? O que você costumava dizer a si mesmo quando cometia um erro?

Eu sou um idiota.

– E o que você dizia a si mesmo quando voltava a beber depois de ter decidido parar?

Não presto para nada.

– Viu? As crianças também copiam dos pais o modo como se relacionam com o mundo. Se o pai acha que todos os seres humanos são maus, a criança também acredita nisso. Se a mãe vive preocupada e ansiosa, a criança também se sente assim.

É como começamos a algemar nossas mãos e nossos pés.

– E é nessa relação que nossos traumas e feridas começam a se formar. Quando você era pequeno e fazia algo errado, seu pai o insultava e às vezes lhe batia. Você achava que era um menino mau, e isso doía mais do que as pancadas. Quando sua mãe lhe dizia que não o amaria mais se você não se comportasse, ela também o feria e o deixava com medo.

Então a culpa é deles!

– Escute o que estou dizendo! Eles também têm suas feridas e fizeram o melhor que podiam com o conhecimento que tinham. Eles também aprenderam com os pais deles, que aprenderam com os pais deles...

É um círculo vicioso.

– Um círculo que pode ser interrompido.

Tem certeza?

Tudo aquilo era novo para mim, mas fazia todo o sentido. Era como se, de algum modo, eu soubesse daquilo desde sempre. Fiquei intrigado.

Como é possível interromper isso?

– Basta parar de procurar culpados. Na verdade, a culpa é apenas o medo de ser rejeitado pelos outros, um medo que se baseia no fato de que, quando você era criança, sua vida estaria em perigo se seus pais o rejeitassem. Eles usavam a culpa para obrigar você a fazer o que achavam certo: "Se não comer tudo, você é um menino mau", "Se não se comportar, não vou mais amar você", "Ninguém gosta de crianças que mentem e falam palavrão".

Mas funcionou!

– É claro que funcionou. A culpa é um jeito excelente de controlar os outros.

E se não houvesse culpa, todo mundo faria o que bem entendesse e sairia por aí matando uns aos outros.

– Isso só prova meu ponto de vista de que a culpa é um sentimento sem sentido, porque, apesar dela, as pessoas ainda saem por aí se matando. O erro das pessoas está em não assumir a responsabilidade por si mesmas e por sua liberdade. Quem aceita a responsabilidade pela própria vida se dá conta de que é o próprio indivíduo quem cria seu destino e entende que cada decisão sua molda o futuro; além disso, aceita a responsabilidade por todas as suas ações mas entende que, por não ser perfeito, pode cometer erros... e, quando os comete, não se culpa por isso.

Não parecia nada fácil.

– Se a situação puder ser revertida, a pessoa tenta consertá-la; se não puder, ela sabe que a culpa não vai mudar o que aconteceu. Apesar de todos os traumas, apesar de todas as feridas, o ser humano sempre tem a opção de melhorar de vida ou de se destruir.

Pode parar. De que me adianta saber disso agora? Estou deitado aqui sem poder me mexer e não tenho como lidar com a raiva nem com a tristeza que sinto!

– Você ainda é livre para escolher o que pensa e como se sente.

Pois bem, agora eu escolho que você cale a boca! Escolho sentir pena de mim mesmo, escolho ficar triste, amargo e cheio de ódio! Se fizeram o melhor possível, meus pais foram muito incompetentes! Eu era livre para fazer o que quisesse com minha vida e escolhi beber e me drogar, escolhi terminar aqui como um maldito vegetal pensante... Tenho o direito de escolher perder a esperança!

– Esses pensamentos são bem feios.

Tudo que quero é parar de pensar e morrer!

– Olá! – disse Faith, fechando a porta depois de entrar. Ela veio até a cama e anunciou: – Tenho boas notícias. Parece que seus pais enfim o encontraram.

Não, não é possível.

– Eles virão visitá-lo mais tarde – disse ela enquanto trocava o soro. – Vai ser difícil para eles ver você assim...

Que droga!!! Não quero que venham.

– Então... Acho que vou ajeitar você um pouquinho.

Ela tirou um pequeno pente do bolso e começou a passá-lo em meu cabelo. Sempre que ela me tocava, eu me sentia mais calmo.

Por que está fazendo isso? Por que cuida tão bem de mim se nem me conhece?

– Não sou uma pessoa muito religiosa – confidenciou ela como se tivesse ouvido a minha pergunta –, mas acredito que há um Deus que cuida de todos nós.

Ah, claro. É por isso que Ele resolveu me deixar apodrecer neste inferno.

– Não sei por que acontecem coisas ruins com as pessoas, mas acho que Deus cuida de nós por meio dos outros. É por isso que sou enfermeira: para ajudar Deus a cuidar dos outros. Às vezes, quando estão desesperadas, as pessoas perguntam: "Deus, por que não me ajuda?", mas a verdade é que Deus está nas pessoas boas que amparam os outros.

Ela deu um risinho tímido e senti o quarto se iluminar. Relaxei e aproveitei sua rotina diária comigo. Acabou rápido demais.

– Pronto, aí está. Vejo você mais tarde, Romeu.

Ela se inclinou, me deu um beijinho no rosto e depois saiu apressada do quarto.

A presença dela aquecia meu coração. De repente, o calor em meu peito foi interrompido por um pensamento:

Meus pais estão vindo!

Meu guia estava certo: a vida é cheia de contradições. Eu sentia muitas saudades, mas ao mesmo tempo tinha mágoa deles. Queria muito ver minha mãe, mas sabia que me ver assim lhe causaria muita dor.

Espero que eu consiga perdoá-los. Espero que eles me perdoem. Será que Laura vem também?

A noite caiu enquanto eu tentava entender aquela mistura de sentimentos – perdão, culpa e ressentimento – até que, exausto, adormeci.

CAPÍTULO • 4

– VOCÊ É UM BOM MENINO. AGORA COMA DEPRESSA para não se atrasar para a escola.

– Mãe, não gosto de aveia.

– Mas você precisa comer. Assim fica forte para estudar e brincar com seus amigos.

– E aí vou poder andar de bicicleta, porque... você vai me ensinar no sábado, não é? Lembra? Você prometeu.

– Claro que sim, querido.

Terminei de comer bem na hora que o ônibus da escola buzinou lá fora. Mamãe deu uma última escovada no meu cabelo, ajeitou meu uniforme, entregou-me a lancheira e me deu um beijo de despedida no rosto.

Corri para a porta e, quando a abri, o sol me cegou. Pouco a pouco meus olhos se acostumaram à claridade, até que por fim consegui distinguir o rosto da minha mãe

– não jovem e despreocupado como no sonho do qual eu tinha acabado de acordar, mas envelhecido e contraído de pesar. Ela não parava de enxugar os olhos com um lenço.

Também distingui meu pai, em pé atrás dela com sua usual expressão severa e resistente. Nem mesmo em uma situação como essa ele deixava seus sentimentos transparecerem. Sua mão consoladora descansava sobre o ombro da minha mãe.

– Meu Deus, filho, fale comigo! – implorou minha mãe.

– Os médicos dizem que ele não consegue escutar. Fique calma – murmurou meu pai.

– Como isso aconteceu? Por quê? Por quê? – Minha mãe começou a gritar e a bater no meu peito com desespero.

Meu pai a puxou para trás e a segurou com força para acalmá-la.

– Controle-se – disse ele.

– Como pode pedir isso? Veja nosso filho! Parece um cadáver!

Ela se afastou dele com relutância.

– A culpa é nossa! – ela gritou e desmaiou.

Meu pai a aninhou nos braços, deixou-a em uma cadeira junto à porta e saiu correndo para buscar ajuda.

Mamãe, me desculpe! Nunca quis fazer você sofrer. A culpa não é sua. Você sempre cuidou de mim, do meu irmão e das minhas irmãs.

Ela estava voltando a si quando meu pai retornou correndo com Faith atrás.

– Vou aplicar um sedativo – disse Faith.

Ela preparou uma seringa e espetou o braço da minha mãe.

– Isso não pode estar acontecendo...

Minha mãe repetia sem parar.

– Ela vai ficar bem – garantiu Faith para o meu pai antes de sair.

Eu nunca tinha visto meu pai naquele estado. Ele havia perdido completamente a compostura, virando-se para minha mãe na cadeira e depois para mim sem parar. Os punhos estavam cerrados, e os maxilares, tão apertados que quase dava para ouvir seus dentes rangerem. A expressão em seus olhos era a mesma de quando ele ia bater em um de nós, e, por um momento, tive medo do que ele iria fazer. Então algo aconteceu: meu pai cobriu o rosto com as mãos, caiu de joelhos junto à minha cama e começou a chorar.

Mal consegui acreditar no que via. Meu pai sempre fora bastante duro com os filhos. Eu sabia que ele nos amava porque nunca nos faltou nada, mas ele tinha muita dificuldade de expressar seus sentimentos.

Ele ficou chorando um tempo que pareceu eterno e às vezes murmurava: "Não é possível, não é possível..."

– Filho, me perdoe – conseguiu dizer enfim, segurando minha mão. – Eu te amo tanto...

Eu também, pai.

– Fui tão severo com você. Queria que tivesse disciplina, que fosse forte. Agora não sei. Não sei. Olhe só para você...

Eu quis chorar, tão grande era a tristeza que brotava dentro de mim.

Agora eu entendo, pai. Sei que você fez o melhor que podia.

– Sempre me escondi atrás da máscara de homem forte – continuou ele –, e só agora, com você aí deitado, paralisado e provavelmente sem me escutar, é que consigo dizer quanto te amo. Que erro terrível!

Eu também te amo, pai.

Meu pai soltou um gemido de partir o coração.

– Achei que, se lhe desse bens materiais, você saberia que eu o amava.

Você não tem ideia de quanto eu gostaria de lhe dar um abraço e um beijo agora, eu queria dizer.

– A culpa é minha. Fui muito duro com você. E quanto mais besteira você fazia, mais duro eu me tornava. Talvez eu devesse ter sido mais afetuoso, ter abraçado mais e exigido menos. Talvez tudo isso seja culpa minha.

Por favor, não se culpe, pai. Agora sei que não é assim. Agora sei. Eu o perdoo.

– Talvez teria sido melhor se eu tivesse tentado entender você e conversar. Sinto muito.

Ainda soluçando, ele descansou a testa em meu peito.

Agora minha mãe estava em pé ao lado dele, fitando-o perplexa. Ela se ajoelhou junto dele, abraçou-o e lhe beijou a testa.

– Precisamos ser fortes, querido. Deus vai nos ajudar – disse ela.

Eles permaneceram o resto da tarde ao meu lado. Não conversavam, só se entreolhavam, e quando as lágrimas corriam eles se consolavam.

A cena me fez lembrar a vez em que fiquei de cama com febre alta e eles se revezaram para cuidar de mim.

Pouco a pouco, as recordações de todo o cuidado que eu já recebera dos dois foram voltando.

Foi graças a eles que aprendi a andar e falar. Se não tivessem me amado, eu não teria sequer sobrevivido.

Por que só agora percebo como meus pais me amam? Justo agora que não posso lhes dizer que os amo e como sou grato por tudo que me deram?

Por que sempre os culpei por tudo que deu errado na minha vida? Por que não consegui ver que eles tinham a própria história de alegrias e tristezas que os moldou do jeito que são?

– Você não tinha compaixão – interrompeu meu guia. – Você ficava tão zangado com eles e os culpava de tanta coisa que não conseguia ver tudo de bom que eles lhe davam.

Agora eu sei...

– Quando você entende que é livre e que é o único responsável pelo que acontece em sua vida, também percebe que todos cometemos os mesmos erros... e então sua única opção é sentir compaixão pelos outros. Compaixão não no sentido de pena, mas como a capacidade de se colocar no lugar do outro e tentar entender por que ele age de determinada maneira. Quando para de culpar os outros pelo que acontece, você recebe de volta seu poder.

Só entendi isso quando já era tarde demais.

– O amor que não damos hoje, não daremos jamais. Se não disser agora às pessoas que ama quanto se importa com elas, amanhã pode ser tarde demais.

Já é tarde demais.

– Seja forte.

A porta se abriu e Faith entrou.

– Desculpe incomodar, mas o horário de visita acabou – disse ela a meus pais.

– Por favor, nos deixe ficar só mais um pouquinho... – implorou minha mãe.

– Sinto muito, as regras são bastante rígidas nesse caso.

– Vamos, querida, amanhã estaremos de volta – disse meu pai enquanto a ajudava a se levantar.

– Uma dúvida... Quanto tempo vai demorar para ele acordar? – perguntou minha mãe à enfermeira quando chegou à porta.

– Fizemos tudo o que estava ao nosso alcance. Agora só depende do destino. Ele pode acordar amanhã ou nunca mais.

A notícia atingiu minha mãe como um tapa na cara.

Papai a abraçou com força e a ajudou a sair do quarto. As pernas dela mal a sustentavam. A porta se fechou atrás deles.

Faith se virou para mim e disse:

– Coitados! A vida é tão cheia de dificuldades, e não temos outra opção a não ser lidar com elas. Pode ter sido cruel lhes dizer aquilo, mas achei que seria ainda pior dar falsas esperanças.

Talvez você tenha razão, concordei em pensamento.

Dessa vez ela ficou em silêncio. Trocou o soro, sentou-se a meu lado por alguns minutos e depois saiu do quarto sem se despedir.

Senhor, por favor, ajude meus pais. Não me preocupo mais comigo. Faça o que quiser comigo, mas, por favor, dê força a eles para seguirem em frente.

CAPÍTULO • 5

NOS DIAS QUE SE SEGUIRAM, PERCEBI QUE MEU GUIA estava certo sobre a liberdade. De fato somos livres, mas isso também significa que somos livres para cometer erros. E temos que enfrentar as consequências de nossas ações.

Por sermos livres, criamos nosso futuro a cada decisão que tomamos. O destino não existe. Criamos o futuro a cada momento do nosso dia.

Apesar do fato de eu, meu irmão e minhas irmãs termos tido a mesma criação, nosso destino foi bem diferente.

Arthur, dois anos mais velho que eu, sempre foi um excelente aluno. Em vez de se rebelar como eu, ele preferiu aproveitar o que tinha de bom e pôr em prática na sua vida. Hoje ele é sócio de um escritório de arquitetura e tem um futuro brilhante pela frente.

Lorraine, um ano mais nova que eu, casou-se alguns meses atrás. Meu pai não gostava do noivo; chegou a dizer a ela que, caso se casasse, podia esquecer que era sua filha. Ela manteve a posição e os dois não se veem desde então.

Por fim temos Grace, a favorita de todos. Está com apenas 8 anos. A descoberta de que mamãe estava grávida de novo foi uma surpresa para todos. Quando ela nasceu, fiquei extasiado. Eu a adoro, e ela também me ama muito.

Com o passar do tempo ali no hospital, fui notando aspectos da minha família em que não tinha reparado antes: o lado amoroso e terno do meu pai, a grande força da minha mãe, a conexão que eu nunca havia percebido entre meu irmão e minhas irmãs.

Acho que me ver indefeso e incapaz de me mexer durante todo aquele tempo levou todos eles a refletir sobre a fragilidade da vida e a enfrentarem a própria vulnerabilidade. Certo dia, Lorraine, o marido e meu pai se encontraram no meu quarto. Não houve necessidade de palavras, explicações nem desculpas. Lorraine correu para abraçar meu pai e ele a abraçou de volta, como se dissesse: "Senti muitas saudades suas."

Depois, ele se virou para o marido dela e disse:

– Obrigado por ter vindo.

E apertou sua mão.

Foi assim que ele lhes transmitiu que tinha enfim aceitado a decisão dos dois e que era mais importante ter a filha de volta do que estar certo.

Era terrível pensar que uma tragédia tivesse de acontecer para que minha família se reunisse e todos exprimissem o amor que sentiam uns pelos outros, enterrando antigos ressentimentos e discordâncias. Por que era assim? Se somos mesmo tão livres, por que não escolhemos ser bons conosco e com os que nos cercam?

– Por causa das nossas crenças.

Meu guia estava de volta para me ensinar outra lição.

Como assim? Não entendi.

– Nossas crenças determinam nossa existência. Tudo em que você acredita sobre si é verdade. Tudo em que acredita sobre alguém ou sobre o que acontece à sua volta também é verdade, pelo menos para você.

Não compreendo.

– Tudo bem. Olhe: tudo o que você vê, sente, escuta ou vivencia é verdadeiro para você, mas não necessariamente para todo mundo. Você vivencia as coisas que lhe acontecem de um jeito diferente dos outros. Cada um de nós tem um jeito único e peculiar de ver a vida.

É por isso que as brigas quase nunca terminam em comum acordo.

– Isso mesmo. Brigar é um jeito de tentar fazer o outro ver a vida como você... e isso é impossível! Milhões de pessoas morrem em guerras porque seus líderes querem impor aos outros seu jeito de ver a vida. Basta que o presidente de um país queira impor a outra nação a crença de que seu sistema econômico é melhor ou de que todo mundo tem que adorar seu Deus para que se matem as pessoas em nome disso.

Milhões morrem nesse tipo de guerra – é *inacreditável!*, pensei.

– Considere o caso de Hitler, por exemplo. Ele era

um louco que conseguiu convencer os habitantes de um país inteiro de que pertenciam a uma raça superior. E seis milhões de pessoas inocentes sofreram atrocidades por causa disso.

Sim, mas não entendo aonde você quer chegar com isso.

– Veja bem: do que você mais sente falta agora?

Da minha saúde, da capacidade de me mexer, de exprimir minhas ideias e meus sentimentos. Da oportunidade de ficar junto das pessoas que amo.

– Então... você sente falta das coisas que já tinha.

Isso! Tudo era tão natural antes... Acho que eu subestimava meu corpo e nunca tinha parado para pensar na bênção que ele era.

– A maioria das pessoas desperdiça tempo correndo atrás de coisas superficiais por achar que "algo" naquilo vai proporcionar felicidade quando as tiverem. Elas não valorizam as dádivas mais preciosas da vida.

É, esquecemos as coisas realmente importantes: nossos relacionamentos, aquilo que já temos. Sempre queremos mais e mais.

– O ser humano trabalha com a concepção errada de que precisa ter "algo mais" para ser feliz. Não entende que já tem tudo de que precisa. Não entende que a felicidade é apenas um jeito de ver a vida, um estado de espírito, um hábito.

Minha vida era repleta de bênçãos, mas eu estava sempre insatisfeito, comentei.

– A maioria cai nessa armadilha estúpida de acumular cada vez mais coisas. Alguns acumulam riqueza e posses, outros, conhecimento e títulos. Ficam horrorizados com a ideia de serem pobres. Mas não percebem que o valor deles não está naquilo que têm, mas em quem são.

Eu me lembro de querer sempre ser melhor do que os outros, ter um carro mais caro, ser mais bonito. Agora eu abriria mão de tudo isso só para conseguir abraçar meus pais.

– Esquecemos que não vamos levar nada conosco quando partirmos e que as realizações não têm valor se não houver com quem dividi-las. Percebe como agimos com base nessas crenças errôneas?

Refleti um pouco e concordei:

Acho que você está certo. Estamos sempre tentando obter mais, fazer mais, conseguir mais, conquistar mais. Não percebemos que, se parássemos um pouco para apreciar o que já temos e fôssemos gratos pelo que já realizamos ou já somos, seríamos felizes no mesmo instante. Por que agimos assim? Por que esquecemos que nossos relacionamentos são a coisa mais importante na vida? Por que existe a ânsia de ignorar o que temos e nos concentrar no que não temos?

– Porque compartilhamos os mesmos valores equivocados.

Todos nós? Como é possível?

– É possível porque vivemos em uma sociedade neurótica que promove crenças enganosas, valores falsos e prioridades erradas.

É difícil acreditar que estamos TODOS errados.

– Tem certeza? Então, como você explica a guerra? Mandar filhos e irmãos para a morte no intuito de defender nossas ideias. Como explica que dez por cento da população detenha a maior parte da riqueza mundial e o restante passe fome? Como explica que as pessoas matem por dinheiro, que os pais deem mais atenção ao trabalho do que aos filhos e à família? Como explica que estejamos poluindo e destruindo nosso planeta, que é o único lugar que temos para morar, e eliminando tudo o que vive nele? Diga-me: por que vemos crianças morrerem de fome e não fazemos nada para impedir?

Tudo bem, tudo bem, acho que entendi... Não se irrite.

– Estou muito acima de emoções como a raiva. Só quero que você entenda que a realidade deste mundo foi criada por pessoas e suas crenças. Acreditar que não há o suficiente para todos nos levou a criar uma realidade em que existe pobreza. Acreditar que o dinheiro e o poder vão nos fazer felizes nos levou a nos distanciarmos de nossos irmãos. Pensar que nosso bem-estar depende do que acontece à nossa volta nos levou a perder o controle da vida.

Quer dizer que nossas crenças determinam nossa realidade?

– A mente é a precursora de todas as coisas. Aquilo em que você acredita se manifesta na sua vida.

Então, se eu acreditar que voltarei a andar, rir, correr, abraçar, chorar...?

Ouvi alguém discutindo no outro lado da porta do quarto e reconheci a voz de Faith:

– A senhorita não pode entrar aqui. É necessária a presença de um membro da família.

– Não é a família dele que quero ver, é ele – rebateu uma mulher cuja voz, por um instante, não reconheci. – Além do mais, isso não me transforma em família? – questionou ela de forma enigmática.

– A senhorita é namorada dele? – perguntou Faith.

– Não é da sua conta! Vou entrar!

A porta se escancarou e lá estava ela. Finalmente Laura viera me visitar.

Ela se aproximou da cama, com Faith tentando impedi-la. Assim que me viu, ficou tão pálida que achei que ia desmaiar. Quando Faith viu a expressão no rosto dela, parou de tentar impedi-la de me ver e pôs a mão em seu ombro para consolá-la.

Laura ficou lá, imóvel, olhando-me como se eu fosse um fantasma. Então, dali a alguns instantes, ela começou a gritar.

– Seu patife! Como pôde fazer isso com você? Como pôde fazer isso comigo? – As lágrimas corriam pelo rosto dela. – E agora, o que vou fazer? Olhe para mim!

Ela tocou a barriga, e, pelo tamanho, dava para ver que estava com sete ou oito meses de gravidez.

Em minha cabeça me encolhi quando ela se jogou na cama, tentando arranhar meu rosto. Infelizmente, Faith agarrou seus braços e a puxou para trás. Digo infelizmente porque, naquele momento, tive noção de quanto ela estava furiosa, e eu ficaria contente em deixá-la me machucar para extravasar a raiva. Eu faria qualquer coisa para aliviar a culpa que eu sentia. Faria qualquer coisa para que ela me tocasse.

Faith segurou firme os braços de Laura, que lutava para se soltar.

– Me largue, sua desgraçada! Me largue!

Ela se debatia como louca.

– Tente se acalmar. Você vai se machucar. Isso não vai lhe fazer bem. – Faith não parava de lhe dizer.

Aos poucos, ela foi se acalmando. Parou de brigar e deixou que Faith a segurasse. A essa altura, estavam no quarto dois seguranças do hospital, uns sujeitos altos de uniforme. Faith acenou para dar a entender que estava tudo sob controle e que não precisava de ajuda. Quando os homens saíram, Laura e Faith os seguiram para fora do quarto.

Minha mente virou um turbilhão de sentimentos. Por um lado, ficara contente de saber que Laura estava bem. Por outro, estava arrasado por vê-la sofrer tanto. E... ela estava grávida! Deus, por que agora, quando eu não podia fazer nada por eles? O que aconteceria com ela e com o bebê? Por que isso estava acontecendo comigo?

– Oh, coitado de mim! Por que isso está acontecendo comigo? – meu guia me imitou, zombeteiro. – As coisas não acontecem com VOCÊ... a mente é a precursora de tudo.

Dane-se! Vá para o inferno você e essa sua droga de sabedoria cifrada!

Eu estava a ponto de explodir de raiva, e senti uma dor aguda no peito.

– Ignorância, arrogância, sofrimento...

Foi a última coisa que ouvi antes de algo estranho acontecer.

CAPÍTULO • 6

Por alguns instantes, meu campo de visão mudou por completo. Eu não olhava mais a luminária vagabunda no teto, eu olhava... para mim! Vi meu corpo imóvel, fraco e extenuado; vi meu rosto abatido, com os olhos arregalados e uma horrível expressão de agonia. Finalmente entendi por que todo mundo ficava apavorado ao me ver.

Tudo se passou diante dos meus olhos em câmera lenta. Ouvi o alarme da máquina ao lado da cama avisar que meu coração tinha parado de bater. Vi médicos e enfermeiras, Faith entre elas, entrarem correndo no quarto. Vi todos eles verificarem apressados os cabos e interruptores.

Uma sensação de imensa tranquilidade e total indiferença me inundou. Em questão de segundos, recordei todos os acontecimentos importantes da minha vida. Na verdade, não apenas me lembrei deles, eu os revivi.

Revivi o calor e a segurança do abraço da minha mãe quando eu era bebê. Apreciei seu perfume e vi a ternura em seus olhos, senti seu afeto e seu amor por mim.

Revivi momentos felizes com as pessoas que eu amava. Ouvi o riso e senti a alegria de dividir com elas a minha vida.

Em segundos, passei por todos os momentos que tinham sido especiais para mim: a primeira vez que vi o mar, o calor do sol na pele, o primeiro beijo, o sabor do meu prato predileto, todas as lindas paisagens que já vira, minha música favorita, a companhia de Laura...

Queria estar com Laura de novo e conhecer o bebê.

Essa foi a última coisa que chegou até minha mente durante aqueles momentos maravilhosos. O que aconteceu depois não foi tão agradável... um forte choque elétrico me trouxe de volta para dentro do corpo. Vi um médico se inclinar sobre mim segurando dois terminais junto a meu peito. Outro choque fez minhas costas se arquearem e provocou um espasmo por meu corpo.

– Temos pulso! – gritou alguém ao fundo.

– Os sinais vitais voltaram – disse uma das enfermeiras.

Todos começaram a se afastar, mas um médico, ainda em pé a meu lado, me olhava pensativo.

– O que foi? – perguntou Faith.

– É que não sei se estou agindo certo mantendo-o vivo – respondeu ele.

– Claro que está. Esse é o seu trabalho – observou Faith, dando-lhe dois tapinhas nas costas.

– Acho que ele não vai durar muito – disse ele com frieza.

O médico verificou de novo os aparelhos e saiu, pedindo a Faith que ligasse para meus pais e os informasse do que havia acontecido.

Apesar de ter voltado a sofrer dor e desconforto, eu ainda sentia a paz que me inundara momentos antes. Também tinha uma clareza mental que, até então, nunca havia experimentado. Era como se, de repente, todas as minhas preocupações, os temores e as inseguranças tivessem desaparecido. Como se, de repente, eu recuperasse uma profunda sabedoria perdida. Parecia que, por alguns segundos, haviam me concedido um ponto de vista mais amplo. De um modo estranho, foram todas as coisas ao mesmo tempo: os médicos, as enfermeiras, a luz do sol, as paredes, os passarinhos cantando lá fora. Como se a bolha de consciência que sou "eu" tivesse estourado. Estava de volta agora – "eu" estava de volta – mas algo havia mudado em mim... *Eu* tinha mudado.

Não entendi o que acabara de acontecer. Talvez meu cérebro ainda recebesse oxigênio suficiente para me manter vivo e eu tivesse imaginado tudo, talvez tivesse alcançado um plano de consciência mais elevado.

Na verdade, não importava. Minha única certeza era de que o desejo de estar com Laura e ver o bebê me mantinha vivo. Eu era uma mistura de histórias, lembranças, expectativas, crenças, preferências, experiências, aspirações, desejos... todos únicos, todos irreplicáveis. Estar junto com os outros, amar as pessoas era importantíssimo. Eu sabia que era disso que eu precisava e o que mais queria: amar e me relacionar com os outros. Experimentar esse conhecimento já era lindo por si só. Era muito claro. Finalmente.

De repente, descobri que não me importava tanto com meu estado de saúde; a alegria de estar aqui e de poder participar da vida, mesmo que só como espectador, valia muito a pena.

– Nada como um gostinho da morte para nos fazer apreciar a vida – interrompeu meu guia. – Ainda está zangado comigo?

Ah, estou TÃO acima de emoções como a raiva!, impliquei.

– Ah! A morte o deixou de bom humor!

Um milagre acabou de me acontecer.

– A vida é um milagre. A maioria das pessoas se esquece disso. Concentram-se nos problemas, no que falta, em buscas sem sentido, em preocupações estúpidas. Nós nos acostumamos a acordar pela manhã, a sentir o coração bater, à maravilha dos sentidos; nos agarramos à possibilidade de exprimir ideias, amor, individualidade e esquecemos que cada uma dessas dádivas é um milagre em si. Desperdiçamos o dom da vida.

Que tragédia!

– A morte é nossa conselheira. Nossa melhor amiga. Não quero dizer que devemos ficar obcecados por ela, desejá-la ou nos deprimir porque ela é inevitável, mas só recordar que, para todos nós, os dias estão contados.

Podemos simplesmente deixar de existir a qualquer momento. Manter isso em mente coloca tudo em perspectiva. Quando a morte surge diante de nós, os pequenos contratempos da vida cotidiana não parecem mais tão graves, e a preocupação se torna inútil; as brigas, o ódio e o ressentimento desaparecem de nossos relacionamentos porque queremos aproveitar ao máximo o tempo que nos resta.

É como se o que aconteceu tivesse me despertado.

– Você teve que morrer para viver. Nossas conversas vão ser bem mais interessantes daqui para a frente.

Sempre estive adormecido.

– A maioria vive dentro de um sonho a vida inteira, e o pior é que não é sequer um sonho bom. Não consegue enxergar além do que lhe foi dito para fazer. As pessoas são arrastadas para uma rotina da qual não têm noção de como escapar. Estão presas a padrões de comportamento que não geram os resultados que almejam, a relacionamentos que não satisfazem, a buscas de coisas que não lhes pertencem, a hábitos que detestam.

Como se fossem robôs programados para trabalhar, ser produtivos e adquirir o que outros lhes disseram ser necessário. De maneira automática, eles apenas reagem ao que foram levados a acreditar. Nunca aprenderam a pensar por conta própria! A ver a verdade! A viver!

– Seguem às cegas as crenças que lhes foram impostas, crenças não questionadas e passadas de geração em geração.

Mas como se libertar de algo em que você acreditou a vida inteira? As rotinas, os hábitos, os padrões, está tudo tão enraizado...

– A mente é a precursora de tudo.

Gostaria de poder dizer isso ao mundo inteiro. Correr até a montanha mais alta e gritar a plenos pulmões!

– O que você diria?

Diria que é preciso questionar suas crenças. Incentivaria a repensar o modo de ver as coisas. Diria que "a mente é a precursora de tudo" e que o importante não é o que nos acontece, mas o modo como reagimos ao que nos acontece.

Meu guia deu uma risada gostosa.

– Você está entendendo! Quem quiser acordar e deixar de ser um prisioneiro da criação que recebeu, da sociedade e do passado vai ter de pôr à prova tudo em que acredita. É a única maneira de voltar a ser livre. Por sorte, você e eu ainda temos a oportunidade de fazer isso.

Pensei na minha condição e me sobreveio uma onda de desespero. Então me lembrei de que posso escolher como reagir a tudo e me senti melhor, mais leve, mais feliz e mais otimista em relação à vida – mesmo daquele jeito.

É, isso é ótimo, concluí.

CAPÍTULO • 7

Naquela mesma noite, meu pai veio me visitar com Arthur e Lorraine. Faith os avisara da minha parada cardíaca e do fato de terem me ressuscitado. Lorraine veio até o leito, enquanto meu pai e Arthur ficaram falando baixinho junto à porta. Não consegui ouvir o que diziam.

– Coitado do meu irmão – sussurrou Lorraine, chorando e segurando minha mão.

Oi, Lorraine. É bom ver você de novo. Estou bem, não se preocupe. É sério. Melhor do que nunca, imaginei que dizia a ela.

Ela sempre fora boa comigo. Nunca falamos muito de nossos sentimentos, mas ambos sabíamos que podíamos confiar um no outro quando precisássemos, e essa certeza ia além das palavras.

O médico deu duas batidinhas antes de abrir a porta e perguntou se poderia ficar um momento a sós com meu pai. Lorraine e Arthur saíram do quarto, e o médico puxou duas cadeiras para perto do leito para que ele e meu pai pudessem conversar.

– Como está meu filho, doutor? – perguntou meu pai, ansioso.

– Receio que não muito bem. O estado dele vem piorando. Hoje o coração parou de bater, e, embora os sinais vitais se mostrem estáveis agora, há uma grande possibilidade de ocorrer outra parada cardíaca.

– Ele vai morrer logo?

– Não dá para saber com certeza. Já se passaram oito meses, e essa foi a primeira vez que aconteceu. Mas o coração pode parar a qualquer momento, e talvez não consigamos trazê-lo de volta. Por isso quis conversar com o senhor em particular... Preciso que assine alguns formulários – disse ele, tirando várias folhas de papel de uma pasta e entregando-as a meu pai.

Meu pai começou a ler. De repente, deu um salto para trás, amassou as folhas e atirou-as no médico, gritando:

– Está maluco? Quer que eu assine uma autorização para deixar meu filho morrer?

O médico, perplexo, se levantou de um salto e acabou derrubando a cadeira. Ele usou uma das mãos para se apoiar na parede e a outra para proteger o rosto das bolas de papel que voavam.

– Acalme-se, senhor! Não é nada disso! – exclamou ele.

Arthur ouviu meu pai gritar e, conhecendo seu

mau humor, entrou correndo para ver o que estava acontecendo.

– Qual é o problema, pai? – perguntou ele, posicionando-se entre meu pai e o médico.

– Não vou desistir do meu filho! Não vou!

– Tudo bem, tudo bem, mas o que está acontecendo? – quis saber Arthur, olhando meu pai e o médico para tentar entender.

– Precisamos de uma autorização para não ressuscitá-lo na próxima vez que o coração dele parar de bater – explicou o médico enquanto apanhava do chão as folhas de papel amassadas. – É o melhor a fazer – continuou ele, entregando os formulários a meu irmão e saindo visivelmente irritado.

– O melhor a fazer? Ele não sabe de nada!

– Pai, ele é o médico que salvou seu filho hoje à tarde...

– E agora quer matá-lo – retorquiu meu pai, zangado.

Arthur leu com atenção os formulários que o médico lhe entregara, respirou fundo e disse:

– Pai, você tem que entender... já se passaram oito meses... oito meses de estresse e sofrimento para todos nós. Mamãe nem sabe o que aconteceu. Além disso, quanto você já gastou com este hospital?

– Dinheiro é o que menos importa! É a última coisa em que deveríamos pensar! – gritou meu pai, cerrando os punhos.

Um segundo depois ele percebeu que voltara a se alterar e, envergonhado, pediu desculpas:

– Sinto muito, filho. Estou nervoso.

– Eu sei, pai, está sendo difícil para todos nós.

Meu pai chorou.

– O que vai ser da sua mãe quando ela descobrir?

– Mamãe está muito mais forte com toda essa experiência. Pai, depois de tanto tempo, você não acha que ela se conformou com a ideia?

– Ninguém se conforma com a ideia de perder um filho – respondeu meu pai. – A gente só sabe o que é dor quando perde um filho.

– Quero dizer que ela sabe que é só uma questão de tempo. Veja. – Arthur apontou para mim. – Se um dia ele acordar, vai voltar ao normal? Ele está desse jeito há tanto tempo... Nem sabemos se o cérebro dele ainda funciona.

Melhor do que você imagina!, rebati em minha cabeça. *Estou ótimo!*

– Mas não cabe a nós decidir isso – retrucou meu pai, pegando a mão de Arthur para impedir que continuasse apontando para mim. – Isso é brincar de Deus.

– Brincar de Deus é mantê-lo vivo! Talvez Deus é que tenha parado seu coração, e mantê-lo aqui vai contra a vontade dele. Talvez esteja sofrendo, e tudo o que fazemos é prolongar esse sofrimento.

Meu pai se deixou cair em uma cadeira e chorou mais uma vez, cobrindo o rosto com as mãos.

– Maldição... maldição... maldição... É como uma piada cruel. Que inferno, Deus! Vá se danar! Está me ouvindo?

Os soluços de papai encheram o quarto. Fiquei comovido de ver como a profundidade do seu amor por mim o levava até a blasfemar.

– Assine a autorização, pai – pediu Arthur depois que a fúria de papai passou, e lhe entregou o maço de formulários amassados.

Meu pai os fitou por alguns instantes; depois, mecanicamente, enfiou a mão no paletó para pegar a caneta, enxugou uma lágrima e assinou minha pena de morte.

– Não seja tão dramático! – Meu guia não era do tipo que guarda suas opiniões para si. – Todos vamos morrer. O importante não é viver muito tempo, mas aproveitar ao máximo o tempo que passamos vivos.

Parece estranho que eu não esteja zangado com meu pai nem com meu irmão, respondi em pensamento a ele.

– Perdoar não é uma ação em si; perdoar é simplesmente compreender. Quando nos damos conta de que todos tentamos fazer o melhor, que nossas ações em geral são bem-intencionadas, que tudo o que fazemos visa a nos aproximar do que acreditamos ser a felicidade, vemos que não há nada a perdoar.

E quando alguém nos fere de propósito?

– Provavelmente essa pessoa também foi ferida. E só podemos sentir compaixão, não é?

Entendo.

– Todos fazemos o possível. Todos recebemos informações diferentes.

Há tantas informações ruins por aí...

Dali a pouco, Lorraine entrou no quarto. Depois que meu pai e meu irmão lhe explicaram o que tinha acontecido, todos acharam boa ideia contar à mamãe para que ela se preparasse. Lorraine e meu pai foram para casa e Arthur concordou em deixar os formulários no consultório do médico.

CAPÍTULO • 8

No dia seguinte, Laura veio me visitar outra vez e encontrou meus pais no quarto. Eles não a viam desde o dia do acidente e não sabiam que estava grávida. Ela parecia mais calma. A fúria da visita anterior tinha se transformado em uma tristeza profunda.

– Tivemos uma briga horrível na festa – contou ela à minha mãe. – Ele tinha bebido muito e estava mal. De repente ele e seu amigo Edward sumiram, e quando reapareceram estavam muito doidos. De olhos vidrados, dizendo coisas sem sentido. Ele me disse que os dois iam embora da festa. Não consegui impedir. Mal conseguiam ficar em pé, mas entraram no carro de Edward e saíram cantando pneu. E eu fiquei ali, vendo os dois se afastarem. Quando chegaram à esquina, ultrapassaram o sinal vermelho...

Ela parou e fitou o chão, tentando se lembrar exatamente do que tinha visto. Minha mãe levou a mão à boca, como se quisesse sufocar o choro; meu pai a abraçou, e Laura continuou:

– Veio um caminhão e... bateu direto no lado do motorista. Acho que ele nem teve tempo de frear. A batida foi tão forte que o carro capotou algumas vezes até parar de cabeça para baixo. Corri até o carro e, quando vi os dois lá dentro, feridos em meio a lascas de metal e vidro, cobertos de sangue, tive certeza de que estavam mortos.

– E o que aconteceu? O que você fez? Aonde foi? – perguntou meu pai.

– Não lembro direito. Só sei que muita gente se amontoou em torno do carro, me empurrando para ver o que tinha acontecido. Comecei a andar a esmo, como se fosse sonâmbula. Não fazia ideia de onde estava. Não sei como cheguei em casa.

– Mas por que não nos ligou? – quis saber minha mãe. – Ficamos tão preocupados com você! Não tínhamos seu endereço nem seu telefone.

– Sinto muito. Eu estava em pânico. Depois do que aconteceu, entrei em depressão profunda e fui passar um tempo com uma tia que mora longe daqui. Eu estava tentando superar tudo aquilo, porque achava que os dois tinham morrido.

– E o bebê? Ele é...

– É dele, é do seu filho – ela interrompeu minha mãe.

– Ele nunca disse nada.

– Ele não sabia. Eu ia contar para ele na festa, mas não tive chance.

– Ah, Deus! – lamentou minha mãe.

Ela abraçou Laura e começou a chorar.

Laura retribuiu o abraço e deu uma olhadela em meu pai para ver a reação dele. Ele abraçou as duas com força para apoiá-las. Eles ficaram assim alguns instantes, até que Laura disse:

– Vim à cidade fazer exames e descobri que ele estava neste hospital. Foi assim que o encontrei – contou ela, os olhos se enchendo de lágrimas.

– Seja forte, querida – disse minha mãe, segurando a mão dela e se virando para me olhar também.

Eles continuaram a conversar sobre o que acontecera e sobre a gravidez. Descobri que o parto estava previsto para dali a três semanas. Fiquei surpreso com a calma de todos e entendi por que meu guia tinha dito que eu era ignorante por me queixar da minha situação.

– Todos temos uma força interior que nos ajuda a passar pelas piores situações possíveis – explicou meu guia. – Com frequência superamos a dor de perder aquilo que amamos.

Embora na época acreditemos que o mundo vai acabar e que nunca teremos força suficiente para suportar a dor, respondi.

– É em momentos assim que temos de lembrar que já superamos situações difíceis. Temos de nos esforçar para entender que sentimos tanta dor porque somos seres sensíveis e amorosos. Se não nos preocupássemos com nada, não sentiríamos dor, mas perderíamos a maior alegria que existe: amar os outros.

Quando pensamos nisso, amar se torna um ato de bravura. Amamos apesar de saber que é inevitável perder quem ou o que amamos, apesar de saber que tudo pode acabar e que não temos garantia alguma de receber algo em troca.

– Não é preciso receber nada em troca pelo amor que damos, porque amar é um presente que concedemos a nós mesmos.

Então por que o amor é sempre acompanhado de tanto sofrimento?

– Porque o que a maioria chama de amor não é amor. O que nos faz sofrer é o egoísmo e a arrogância.

Explique isso, por favor.

– Quem diz que sofre por amor na verdade sofre por acreditar que a pessoa amada deveria ser do jeito que ele quer; isso é arrogância. Quem sofre porque acha que a pessoa amada deveria satisfazer suas necessidades é egoísta. O que a maioria chama de amor parece mais um contrato comercial que diz: "Concordo em amá-lo desde que você seja como eu quero e faça o que digo." A verdade é que o amor é livre: não faz exigências, não quer mudar o outro, não é possessivo nem condicional.

É paradoxal que sejamos tão fortes mas soframos tanto.

– É verdade. Mas muitos se acostumam a sofrer e ser infelizes. Estão tão acostumados a isso que fazem da infelicidade parte de sua identidade e sua personalidade; por isso têm tanta dificuldade em ser felizes. Eles se concentram nas coisas negativas e se esquecem das bênçãos que recebem todos os dias.

Então não deveríamos nos ferir com nada?, perguntei.

– Dor não é o mesmo que sofrimento. A dor faz parte da vida e surge quando perdemos algo que amamos. O sofrimento se origina da recusa em aceitar o que acontece, da ideia de que tudo poderia ser diferente, do pensamento de que as coisas deveriam ser do jeito que NÓS queremos que sejam.

Então somos ou não responsáveis por nossa vida? Primeiro você diz que temos o poder de fazer o que queremos; depois, que só temos de aceitar o que acontece.

– Você é responsável por SUA vida, não pela vida em si. Aqui está outro paradoxo: você não tem absolutamente poder algum, mas ainda assim tem todo o poder.

Acho que estou entendendo. É como minha situação agora: não posso fazer nada para mudar o que está acontecendo, não tenho nenhum poder sobre isso; mas, ao aceitar esse fato – e tenho poder sobre essa aceitação –, paro de sofrer. O que me parecia um castigo alguns dias atrás hoje mais parece uma bênção, uma oportunidade de passar mais alguns instantes com as pessoas que amo e fazer parte da vida delas. Uns dias atrás eu queria morrer, agora só quero durar mais três semanas para ver meu bebê.

– Nada mudou no lado de fora, apenas sua atitude diante do que está acontecendo. Esse é o maior poder que o ser humano tem: a capacidade de decidir como reagir ao que a vida lhe apresenta. Você não pode controlar o que acontece à sua volta, mas pode decidir como interpretar os fatos e agir a respeito. Você é responsável pelo que pensa, pelas decisões que toma, pelo modo como quer ver e sentir a vida.

Também sou responsável por mim e ninguém mais.

– Isso mesmo. A única coisa que pode preencher sua vida com mais sofrimento e frustração é acreditar que você é responsável pelo que os outros sentem, pensam ou fazem. Muita gente assume a culpa, a dor e o sofrimento dos outros como se, com isso, os ajudasse. Acreditar que alguém depende de você para ser feliz, além de ser extremamente arrogante, é um fardo inútil, pesado demais para qualquer um carregar. Cada um é responsável pela própria vida.

Eu estava tão envolvido com essa conversa interior que não percebi que meus pais tinham saído do quarto, deixando Laura sozinha comigo. Ela puxou uma cadeira até a cama, segurou minha mão e começou a chorar em silêncio enquanto fitava meu rosto. Depois olhou para a porta, como se quisesse ter certeza de que estava fechada, inclinou-se e cochichou:

– Oi, querido. Sinto tanta saudade de você...

Ela engasgou e teve que parar de falar. Pôs o braço sobre meu peito e a cabeça no travesseiro, ao lado da minha. Senti suas lágrimas escorrerem por meu rosto e seu aroma trouxe de volta lembranças dos momentos que passamos juntos.

Eu queria mais do que tudo acariciar seu cabelo, amparar suas lágrimas com beijos e lhe dizer que também sentia saudade dela, que era por causa dela que ainda estava ali. Queria lhe dizer que a amava e lhe pedir perdão pelas situações difíceis que a obrigara a passar.

Ela ficou assim mais alguns segundos e levantou a cabeça para me olhar. Fiquei surpreso ao vê-la chorar e sorrir ao mesmo tempo, mostrando a força de caráter sobre a qual meu guia e eu tínhamos conversado.

– E que tal essa barriga gigante? – perguntou ela de brincadeira, acariciando o próprio ventre. – É seu filho. Ele vai nascer logo. – Ela ficou pensativa um instante e continuou: – Este bebê é fruto do nosso amor. Sei que nosso relacionamento não era perfeito, mas sempre soube que você me amava.

Enquanto falava, ela passava do riso às lágrimas de forma descontrolada, em uma estranha mistura de alegria e tristeza.

Ah, como amo você... Se a tratei mal, foi porque eu estava com ideias erradas, imaginei-me dizendo. *Obrigado por estar aqui ao meu lado, apesar de tudo.*

– Querido, o que vai acontecer com a gente? – disse ela com um suspiro.

Aconteça o que acontecer, tudo vai dar certo, você vai ver, respondi, com a certeza de que temos forças para enfrentar todos os desafios da vida, por mais difíceis que sejam.

Até o último e maior desafio.

CAPÍTULO • 9

As duas semanas seguintes foram bastante tranquilas. Continuei tendo conversas com meu guia em minha cabeça e, com elas, aprendi mais que em toda a minha vida sobre os verdadeiros valores humanos, nossa capacidade e nossa responsabilidade. E mil outros assuntos.

O hospital fez algumas alterações no horário de visitas e permitiu que um familiar ficasse comigo e dormisse em meu quarto; afinal de contas, meu coração poderia parar de bater a qualquer momento. Eles armaram um catre junto à parede para acomodar o acompanhante. Minha mãe que ficou lá, mas às vezes meu pai, meu irmão ou minha irmã ficavam para lhe dar um descanso. Minha mãe sempre protestava, dizendo que queria ficar ali só por precaução. Eles a convenciam dizendo que quem ficasse comigo ligaria para ela imediatamente se algo acontecesse.

Certa noite, fiquei um pouco surpreso ao ver que ninguém viera dormir. Não me preocupei porque supus que alguém da família apareceria a qualquer momento.

Já passava das onze da noite quando a porta se abriu e vi a enfermeira que costumava cuidar de mim antes que Faith chegasse – a mal-humorada de cara feia – junto com um médico que eu não conhecia. Ambos olharam em volta rapidamente para ter certeza de que não estavam sendo vistos, entraram e fecharam a porta. A enfermeira apontou o leito sem olhar para mim e disse:

– Era desse aí que eu estava falando.

O médico se aproximou para dar uma olhada, pensou um pouco e perguntou:

– Há quanto tempo ele está em coma mesmo?

– Uns oito meses e meio. Acho que é perfeito para o que precisamos – respondeu ela.

– Como sabe que os órgãos dele estão em boas condições?

– Há cerca de 15 dias ele foi considerado clinicamente morto por seis minutos, mas conseguiram ressuscitá-lo. Desde então, seus sinais vitais são estáveis. Está tudo funcionando direitinho.

O médico ainda parecia ter dúvidas. Não parava de esfregar o queixo e olhar para a porta, como se temesse que alguém entrasse a qualquer momento e o encontrasse ali.

– É arriscado demais – disse ele, por fim. – Para começar, a máquina tem alarme. E se a família aparecer? Não sei se vale a pena.

– É claro que vale a pena! – interrompeu a enfermeira. – Vão nos pagar um dinheirão por cada rim. O pai dele já assinou a autorização de não ressuscitá-lo se houver outra parada cardíaca. Eu cuido do alarme; posso desligá-lo. E não precisa se preocupar com a família dele. Sei que ninguém virá aqui hoje.

– Você verificou se o tipo sanguíneo é compatível? – perguntou o médico.

– Sim. Os dois são O positivo.

– Algum histórico de doença? – insistiu o médico, tentando encontrar alguma razão que a convencesse a não ir adiante.

– Ele está limpo.

– Como vamos levá-lo para o necrotério?

– Estou encarregada de registrar as entradas lá. Não vai ser um problema.

– E como vamos explicar que estávamos aqui quando aconteceu?

– Olhe, voltei a ficar encarregada deste paciente. Ninguém vai suspeitar de nada. E você está de plantão hoje, não está? Por que desconfiariam? Estou fazendo minha ronda, encontro ele morto e chamo você para verificar.

– Não sei... Estou com um mau pressentimento – disse o médico, coçando a cabeça e me olhando outra vez.

– Pare de bobagem. Se não quer fazer pelo dinheiro, pense na mulher que receberá o rim dele. Ela tem a vida inteira pela frente. Tem dois filhos à espera dela em casa. Já ele não vai a lugar algum. O corpo está vivo, mas o cérebro está morto. Olhe só para ele.

O médico me deu mais uma olhadela e baixou os olhos, como se intuísse que eu sabia o que estava acontecendo, e pareceu envergonhado.

– Tudo bem – falou ele, com um suspiro. – Desligue o alarme. Vou verificar se não há ninguém por perto.

A enfermeira começou a mexer nos cabos na parte de trás da máquina que me mantinha vivo. Enquanto isso, o médico abriu uma fresta na porta e espiou lá fora, visivelmente nervoso.

– Pronto! – exclamou ela, recuando e esfregando as mãos no uniforme como uma criança flagrada mexendo no que não deve.

O médico deu uma última espiada no lado de fora, fechou a porta em silêncio e veio até a máquina.

– Preste atenção – começou ele. – Está vendo estes sete interruptores? É preciso desligar um por um, em intervalos de uma hora, para evitar mudanças abruptas. Essa é a única maneira de manter os órgãos em bom estado para que possam ser usados. Agora é meia-noite – avisou ele olhando o relógio. – Desligue o primeiro e volte daqui a uma hora.

A enfermeira foi até o painel de controle e desligou o primeiro interruptor. Senti meu ritmo cardíaco diminuir e, de repente, fiquei com sono, como se estivesse prestes a adormecer.

– Você tem que desligar os outros nesta ordem – informou ele, apontando os interruptores da esquerda para a direita e limpando o suor da testa com a manga do jaleco branco. – Você cuida disso e eu faço os preparativos para o transplante. Se alguma coisa der errado, vamos nos meter em uma encrenca das boas.

– Você se preocupa demais.

Foi a última coisa que a enfermeira lhe disse antes que os dois saíssem apressados do quarto.

CAPÍTULO • 10

Alguns minutos depois que a enfermeira e o médico saíram, Faith entrou no quarto e comecei a pensar que talvez eu tivesse uma chance de permanecer vivo. Eu não queria morrer, não ainda. Queria ver meu filho.

Ela se sentou a meu lado na cama, olhou-me com ternura, acariciou meu cabelo como sempre fazia e disse:

– Olá. Vim me despedir.

Veio se despedir? Então você sabe o que está acontecendo?, gritei dentro de minha cabeça.

– Meu trabalho aqui com você terminou.

Espere, por favor, não vá, respondi. *Olhe o painel de controle! Religue o interruptor!*

– Aliás... – Ela sorriu, hesitou sobre o que estava

prestes a dizer e continuou: – Laura entrou em trabalho de parto esta noite, por volta das dez horas. O bebê deve nascer dentro de seis horas. Toda a sua família está aqui com ela, por isso ninguém veio vê-lo esta noite.

Mais uma razão para ligar o interruptor! Ligue o interruptor! Ligue o interruptor! Eu gritava dentro da mente, tentando desesperadamente invocar poderes telepáticos.

– Não há mais nada que eu possa fazer por você agora. Há outra pessoa precisando de mim. Espero que tenha lhe sido útil.

Foi muito, Faith, falei, resignado. *Graças a você e a seus cuidados, consegui suportar os primeiros meses neste lugar. Você me ensinou o que é amar incondicionalmente e se dedicar a cuidar dos outros sem esperar nada em troca. Muitíssimo obrigado!*

– Gostaria de ter feito mais... – ela se calou por um instante, baixou a cabeça e, limpando uma lágrima que escorria pelo rosto, continuou: – Vai dar tudo certo, você vai ver. Está na hora de ir embora.

Ela beijou minha testa e saiu do quarto sem olhar para trás.

Adeus, Faith. Deus a abençoe. Obrigado por tudo. Obrigado por ser quem você é.

Então a incerteza acabou. Eu tinha só mais seis horas de vida e nunca conheceria meu filho. De forma consciente, tentei sentir raiva das duas pessoas que estavam arruinando meus planos, mas não consegui. Apesar de motivados pela ganância, pelo menos em parte, se conseguissem salvar a mulher de que haviam falado, o resultado seria positivo. Seria minha última boa ação e, embora não tivesse papel ativo, eu contribuiria com meu rim para que outra pessoa pudesse continuar a aproveitar essa vida maravilhosa.

Quanta ironia! Em outra parte do mesmo hospital, meu bebê esperava sua vez de começar a viver, enquanto aqui eu esperava minha vez de morrer, como se houvesse algum tipo de ligação especial entre mim e ele.

– Há uma ligação especial entre você e seu filho! – disse meu guia. – E não apenas entre vocês dois, mas com toda a humanidade, todos os seres vivos e tudo o que existe.

Claro, todos fazemos parte do Universo.

– Você não faz parte do Universo, você É o Universo. Você é a própria vida.

Sou a própria vida? Isso parece profundo. Acho que as seis horas que me restam não serão suficientes para você me explicar isso.

– Não vou explicar. Nessas circunstâncias, vou trapacear e lhe mostrar algo que poucos humanos vivenciam durante a vida. Desmaie...

O quê? Como é que vou...?

Eu nem havia terminado a pergunta quando percebi que não estava mais no quarto do hospital nem dentro do meu corpo. Foi como aqueles sonhos em que tudo é possível, em que a gente sabe que está sonhando e o que está acontecendo sem precisar ver nem ouvir.

– Esta é a iluminação – explicou meu guia. – É o

que os sábios buscam e gurus e mestres querem atingir. É o que anos e anos de meditação profunda lhe proporcionam.

Que lugar é este? O céu?

– Não é um lugar, é um sentimento. Aqui o tempo e o espaço não existem do jeito que você conhece.

Mas...

– Psiu! Desligue os pensamentos e se permita sentir...

Abstraí por completo e, em questão de segundos, entendi a grande dádiva que meu guia me dera: a "iluminação", como ele disse, é uma sensação extraordinária de fazer parte do Universo e, ao mesmo tempo, *ser* o Universo. A gente se sente conectado com toda a humanidade, todos os seres vivos e tudo o que existe. Aconteceu a mesma coisa quando a minha bolha da consciência explodiu, quando estive morto; só que continuava, continuava, continuava... Um êxtase incrível, pacífico e atemporal, do mais maravilhoso amor. Não tive medo de ficar sozinho e entendi que a vida cuida de nós, assim como cuida de tudo o que existe; que tudo está em ordem e que somos todos parte de algo muito maior – um projeto lindo e complexo feito de amor. Havia perguntas, mas não senti necessidade de respostas. Até esse "não saber" era bom.

– Está na hora de voltar.

A voz de meu guia foi um sussurro levíssimo, insistindo que eu acordasse daquele lindo sonho.

Mais uma vez, senti que estava no meu corpo e,

apesar de um cansaço terrível, eu ainda conseguia manter a sensação de bem-estar da experiência.

Isso foi incrível!, pensei com empolgação. *Faço parte de tudo o que existe! Sou tão importante quanto as estrelas, o Sol e tudo o mais no Universo! Somos todos uma coisa só!*

– E isso não é uma baboseira mística ou espiritual. É um fato comprovável – comentou meu guia. – Você foi criado a partir de uma célula do seu pai e outra da sua mãe. Essas duas células tinham toda a informação genética dos seus ancestrais. Você está conectado a toda a humanidade. No fim das contas, somos todos parentes.

Mas eu não me senti conectado apenas com seres humanos. Foi com tudo, informei, intrigado.

– Quando você foi concebido no útero de sua mãe, o corpo dela e suas duas células continham toda a informação de que precisavam para criar cada parte do seu corpo. Havia um plano perfeito para formar você exatamente como é hoje. Os mínimos detalhes já estavam programados: a cor dos olhos, do cabelo e da pele, o formato da boca, as covinhas da bochecha, os pelos do corpo e o lugar exato onde cada um deles nasceria. O corpo de sua mãe tirou a matéria-prima para fazer você de tudo o que a cercava: o ar que respirava, a água que bebia, os alimentos que comia. Você foi formado com partes do Universo.

Eu estava encantado com aquela explicação. Ele continuou:

– A maçã, que já fez parte de um animal e, antes disso, de um inseto e, antes ainda, da pétala de uma rosa, foi usada para fazer seu coração. A água, que já foi rio e antes disso um iceberg no polo Norte, em seguida nuvem e chuva, foi usada para fazer o sangue que corre em suas veias. Os sais minerais, que já foram uma montanha e muito, muito tempo antes uma estrela, foram usados para compor seus ossos.

Meu guia fez uma pausa e depois seguiu:

– Quando você morrer e seu corpo se desintegrar, as partículas liberadas dele vão se tornar a matéria-prima que o Universo vai usar para continuar se renovando.

É por isso que você diz que sou a própria vida?

– Por meio de você, a vida se sustenta e se renova. Você é o instrumento que a vida usou para criar outro ser milagroso cheio de possibilidades: o bebê que espera para nascer a poucos metros daqui. Esse novo ser vai chegar para contribuir com algo muito especial ao mundo, algo que só ele pode dar, um presente maravilhoso ao Universo como um todo.

Quer dizer que meu filho vai ser especial? Que meu propósito na vida era trazê-lo ao mundo?

– Ele é tão especial quanto você e todos os outros seres humanos. O presente que ele vai dar ao mundo é a própria individualidade, porque, apesar de fazer parte de tudo o que existe, ele também é único. Esse bebê virá para compartilhar seus pensamentos e ideias, sua personalidade, suas emoções, sua felicidade e sua tristeza. Este é o propósito da vida humana: dar ao mundo o presente de nossa unicidade, de nossa individualidade.

Sermos quem somos é o significado da vida!, concluí.

– Ser o que somos e gozar da oportunidade inigualável de existir. Antes de nascer, você fazia parte da eternidade e, quando morrer, vai voltar a fazer parte dela. Você recebeu um período curto para ser quem é, e deve aproveitá-lo.

CAPÍTULO • 11

Neste momento, a porta se abriu e a enfermeira que agora era meu carrasco entrou no quarto. Ela fechou a porta com cuidado para não fazer barulho, desligou o segundo interruptor e saiu depressa, tomando cuidado para não ser vista.

Senti um pouco de pânico quando notei que minha respiração estava ficando mais lenta. A cabeça começou a girar e minha visão se nublou por um instante. Aos poucos, meu corpo se acostumou ao suprimento reduzido de oxigênio, a tontura passou e me senti apenas cansado.

Não estava mais com medo nem zangado, mas fui tomado por uma grande onda de tristeza.

– Essa tristeza vem da culpa e do ressentimento – explicou meu guia. – Aproveite ao máximo o tempo que tem para perdoar os outros e, principalmente, a si mesmo.

Logo percebi que ele tinha razão e comecei a imaginar que escrevia uma série de cartas às pessoas mais importantes da minha vida. Comecei com meus pais.

Queridos mamãe e papai,
Escrevo esta carta no momento da minha morte para me despedir e agradecer por todas as bênçãos que vocês proporcionaram à minha vida.

Agora entendo que tudo o que fizeram por mim foi por amor. Que, apesar de todos os erros que cometi e dos momentos difíceis que por ignorância os fiz passar, vocês sempre estiveram dispostos a me ajudar. Sei que vocês quiseram o meu bem e fizeram o melhor que podiam.

Agora entendo que vocês também têm um histórico de boas e más experiências, que também têm feridas e temores como todo mundo e que sempre agiram de acordo com o que achavam melhor para todos nós.

Quero pedir perdão por culpar vocês por tudo o que não deu certo em minha vida, e agora admito que fui o único responsável por minhas ações. Eu era livre para escolher meu destino, e é por culpa minha que estou nesta situação.

Quero pedir perdão por julgar vocês e por me concentrar em seus defeitos e pontos fracos. Agora sei que não tinha o direito de fazer isso, porque ninguém sabe o que é estar no lugar dos outros, e entendo que está errado querer mudar as pessoas, que devemos aceitá-las como são.

Espero que um dia acreditem que me orgulho de ter sido seu filho e que, se eu tivesse tido a oportunidade de escolher meus pais, eu escolheria vocês.

Sinto muitíssimo pela dor que lhes causei. Tenho certeza de que o amor que sentem um pelo outro lhes dará forças para superar tudo isto e todas as outras situações difíceis que a vida apresentar.

Mamãe, papai, obrigado por me amarem e cuidarem de mim. Obrigado por terem paciência comigo e me ensinarem tanto. Obrigado por me darem a vida.

Amo vocês.

Seu filho.

Quando terminei de escrever essa carta imaginária, senti como se tivessem tirado um peso enorme dos meus ombros. Ele tornava lento e cansativo meu avanço pela vida, mesmo assim eu me agarrava a ele.

Em seguida, imaginei que escrevia uma carta ao bebê que não conhecia.

Querido filho ou filha,

Enquanto você espera para ver a luz pela primeira vez, a fagulha da minha vida se apaga devagar.

O que me espanta é que, embora eu não tenha posto os olhos em você uma única vez sequer, o simples fato de saber que você existe enche de alegria e esperança os últimos momentos da minha existência.

Não sei explicar por que sinto este amor tão profundo, apesar de nunca ter segurado você em meus braços. Provavelmente é porque, para mim e para todo mundo, você representa um lampejo de esperança em um mundo melhor, ou porque é a prova de que alguém lá em cima acha que podemos fazer algo de bom com a vida e que merecemos outra chance de felicidade.

Por favor, não permita que minha morte se torne uma cicatriz em sua vida. Saiba sempre que fiz minhas escolhas e que tive de enfrentar as consequências dos meus atos. Você é um ser humano novo e não tem que sofrer pelos erros que cometi. Não permita que ninguém tente transformar minha morte em tragédia, porque não é. Todos morremos mais cedo ou mais tarde, e todos deixamos para trás oportunidades desperdiçadas de coisas que poderíamos ter feito. Mas o que teríamos feito não existe; apenas o que fazemos é real.

Não permita que o fato de não ter pai o afete muito. Todos podemos aceitar a realidade, desde que não nos agarremos ao que poderia ter sido. Porque o que poderia ter sido não existe; apenas o que é real existe.

Abra seu coração para receber o amor de sua mãe e de todos que o cercam. Se o fizer, vai perceber que não precisa do meu amor nem da minha presença. Ainda haverá amor suficiente para você quando eu me for.

Dê ao mundo a grande dádiva de seu amor e sua personalidade. Não deixe que o medo o impeça de fazer o que quiser. Confie que você é um milagre e que a vida quer cuidar de você, como cuida de todos os seus filhos.

Aproveite a vida e faça dela uma experiência maravilhosa.

Amo você.

Seu pai.

Então comecei uma carta para Laura.

Querida Laura,
Hoje sei que passei grande parte da vida vivendo no futuro, enchendo-me de medo do que poderia acontecer e imaginando como seria. Por viver assim, arruinei muitos momentos preciosos que tivemos juntos.

A maioria das pessoas passa a vida contemplando o futuro, fazendo planos, imaginando o que vai acontecer e o que quer realizar. Daqui, do meu leito de morte, tudo parece diferente. Deste ponto de vista, consigo ver os fatos da minha vida como realmente aconteceram. Daqui consigo ver que o importante não são as metas ou as realizações, o acúmulo de riquezas ou de conhecimento, nem o desejo de mostrar ao mundo nosso valor; o que importa mesmo é a companhia de quem amamos. Os beijos, abraços, carinhos, risos, a troca, o amor de uns pelos outros: é nisso que devemos investir nosso tempo.

Sei que fiz você passar por momentos difíceis tentando mudá-la. Eu não sabia que não tinha esse direito, já que você não me pertence. Espero que entenda que meus defeitos não foram motivados por má-fé, mas por ignorância, pelo medo de me machucar, pela ideia errada de que eu não merecia seu amor e pelo medo de me comprometer com você.

Quero pedir perdão por meus erros e libertá-la de minhas exigências e necessidades. Nunca foi responsabilidade sua compensar minhas deficiências nem me fazer feliz.

Tudo o que tenho em meu coração é alegria por ter

conhecido você, gratidão pelos momentos felizes que passamos juntos e meu amor por você.

Eu te amo.

Seu amado.

Por fim comecei a imaginar que escrevia a carta mais importante de todas: a que seria remetida a mim mesmo.

E aí, companheiro,

Chamo você de companheiro porque agora quero ser seu amigo. Durante muito tempo, fui meu pior inimigo; na verdade, eu era meu único inimigo.

Fui eu que deixei o medo dominar minha vida. Fui eu que me agarrei a traumas do passado para encher de sofrimento o presente. Foi minha própria voz que me disse, dentro da minha cabeça, que eu não merecia nada de bom e que era inferior aos outros.

Eu que me enchi de insegurança e dúvida, ciúme e ressentimento. Condenei-me e critiquei tudo o que fiz. Prejudiquei minha saúde e meu bem-estar e fui responsável pelos problemas da minha vida. As soluções e respostas para tudo isso estavam dentro de mim.

Fui o réu, o juiz e o carrasco da minha própria história. Distribuí penas e impus punições.

Ainda assim, hoje me perdoo por tudo, porque sei que sempre fiz o melhor que pude. Entendo que era sensível e vulnerável, como todo ser humano, e que minhas experiências moldaram minha personalidade. Hoje rejeito toda a culpa por meus erros, porque ela não ajuda em nada nem traz soluções.

Demorei para aprender que eu era capaz de mudar minha vida, apesar das feridas e das situações ao meu redor. Levei muito tempo para entender que sou meu próprio senhor, que minhas ideias determinam minha existência, que não sou escravo das circunstâncias e que estava em minhas mãos mudar, melhorar e viver em harmonia.

Agora consigo ver que minha vida era maravilhosa, apesar das perdas e dos traumas que sofri. Sou grato pela oportunidade que tive de ver, ouvir, sentir e provar, pela oportunidade de dividir minha vida com os outros e de amar os que me cercavam.

Hoje me desfaço de velhos ressentimentos contra os outros e contra mim.

Hoje rompo as correntes com que eu me prendia.

Hoje me liberto do medo e da culpa.

Hoje me perdoo por todos os erros que cometi.

Hoje admito que ninguém controla meus pensamentos.

Hoje admito que ninguém controla meus sentimentos.

Hoje eu me declaro livre de todas as feridas.

Hoje é um bom dia para morrer.

Eu me amo.

Sou a pessoa mais importante da minha vida.

Quando terminei de escrever essas cartas imaginárias, senti um alívio enorme.

– A decisão de se libertar da culpa e do ressentimento tem mais a ver com você do que com os outros – comentou meu guia. – Quando você decide perdoar alguém, é você quem se liberta e se livra do fardo pesado da amargura. Muita gente carrega uma mala nas costas a vida inteira. Essa mala está cheia de ofensas, animosidades, culpas, ressentimentos, feridas, amores perdidos, desilusões, corações partidos, infidelidades e sofrimentos...

Todos dizem que têm uma cruz para carregar, interrompi.

– De onde tiraram essa ideia? Eles põem a própria cruz nas costas quando se agarram ao passado, e é deles a decisão de largá-la quando quiserem. Ninguém os obriga a sofrer.

Dizem que para receber algo temos de pagar, continuei.

– Isso é pior ainda!!! A quem deveríamos pagar? E é mesmo necessário pagar com sofrimento? As pessoas esquecem que a vida é generosa com seus filhos e que o amor que recebem é incondicional. Esse sentimento é dado sem que se espere nada em troca, assim como as plantas, os animais e todas as outras criaturas do mundo recebem tudo de que precisam.

CAPÍTULO · 12

MINHA ENFERMEIRA-CARRASCO ENTROU NO QUARTO novamente. Pela primeira vez, veio olhar para mim. Ela se curvou até seu rosto ficar a poucos centímetros do meu. Olhou bem nos meus olhos, como alguém que espiasse por uma janela. Seus traços eram grosseiros, a pele era enrugada e cheia de marcas de varíola. Os lábios eram finos, sem cor nem vida. Havia uma verruga horrível na testa, com dois pelos grossos crescendo que a deixavam ainda mais repugnante. O hálito era rançoso e pesado, e quando expirava ela fazia um chiado estranho e desagradável.

Ela me fitou por vários segundos, e vi meu rosto refletido em seus olhos sombrios. Naquele momento, entendi algo muito importante: essa mulher era uma versão de mim mesmo. Ambos tínhamos a capacidade de ferir os outros, de mentir, de sermos gananciosos, de sermos egoístas e até de matar. Essa percepção provocou um arrepio em mim.

– Não fique tão surpreso – disse meu guia quando notou minha reação. – Isso faz parte da liberdade que você recebeu e da sua natureza. Para ser livre, você precisa de opções. Que mérito uma pessoa justa teria se ela não tivesse outra escolha? O que torna nossas ações dignas é o fato de optarmos pelo que é melhor para todos, não apenas para nós.

Escolhemos entre o bem e o mal?

– Não se trata de bem e mal, trata-se de escolher entre o que nos ajuda ou nos prejudica. O problema é que algumas pessoas se recusam a admitir que qualquer mal que causemos aos outros volta para nós, mais cedo ou mais tarde. Veja o exemplo dessa mulher: o que acha que ela está fazendo aqui, olhando você desse jeito?

Não faço ideia. Talvez tenha vindo rir de mim..., respondi com hesitação.

– Ela está aqui para aliviar a própria consciência, para se convencer de que você não está acordado. Ela repete para si mesma que não e que está fazendo isso pela mulher que precisa de um rim para sobreviver, não pelo dinheiro. O objetivo dela é obter um benefício, não prejudicar você.

Ainda assim, ela vai ser atormentada pela incerteza durante muito tempo.

– Isso, e ela que tomou essa decisão. Ela está exercendo sua liberdade.

A enfermeira pôs a mão no meu rosto, como se não

conseguisse suportar que eu a observasse, e ouvi o clique do terceiro interruptor sendo desligado.

Dessa vez, senti a mudança no estômago. Foi como se, de repente, eu ficasse com muita fome. Então senti uma comichão da cintura até os dedos dos pés. A exaustão tomou conta de mim e apaguei.

CAPÍTULO • 13

UMA SENSAÇÃO AGRADÁVEL NO ROSTO ME DESPERTOU. Aos poucos, meus olhos se ambientaram e vi Grace, minha irmã caçula e brincalhona, acariciando meu rosto e dizendo:

– Acorde, dorminhoco! Vamos, acorde, você tem uma visita importante.

Fiquei um pouco desconcertado ao vê-la, porque meus pais tinham preferido poupá-la da angústia de me ver daquele jeito e não tinham deixado que viesse me visitar.

Notei que apenas um dos interruptores ainda estava ligado, portanto a enfermeira devia ter desligado os outros dois enquanto eu estava inconsciente.

– Seu bebê nasceu, é uma linda menininha! Acorde e dê uma olhada nela. Acorde! Acorde!

Grace começou a gritar, e consegui ouvir o desespero na voz dela.

– Você tem que acordar! Acorde! – repetia ela sem parar, inclinada sobre meu peito.

– Viu? Foi por isso que não quisemos que você viesse aqui – disse minha mãe, em pé bem atrás dela com minha filha no colo. – Tente se acalmar, querida.

– Venha cá, meu amor. Está tudo bem, fique calma – falou meu pai.

Ele colocou as mãos nos ombros dela e, com gentileza, guiou-a para fora do quarto.

Depois que Grace saiu, minha mãe se virou para mim, curvou-se levemente e puxou a manta que cobria o rosto da minha filha.

– Veja, esta é sua menininha...

Os olhos dela estavam fechados, o rosto vermelho e inchado, e uma das mãos descansava na bochecha. Meu coração se encheu de ternura quando a vi dormindo tão tranquila. Ela era a coisa mais linda que eu já tinha visto.

De repente, a odiosa enfermeira entrou, com certeza para desligar o último interruptor.

– O que está acontecendo aqui? – gritou ela, com medo de ter sido descoberta.

– Viemos mostrar o bebê a ele – explicou minha mãe, sem graça.

– Vocês não podem ficar aqui! – disse a enfermeira com rispidez, empurrando minha mãe para longe de mim. – Saiam agora mesmo!

Você não pode fazer isso!, implorei em minha mente.

Deixe-me ver minha filha mais um pouco, por favor! Eu estava desconcertado; o momento mais feliz da minha vida, meu último momento, estava sendo tirado de mim. *Só mais alguns segundos! Eu só quero tocá-la uma única vez!!!*

De repente, Grace gritou junto à porta, de onde assistia ao que estava acontecendo:

– Ele se mexeu!

Minha mãe e a enfermeira se viraram para me olhar e notaram que meu braço esquerdo estava levantado, como se eu quisesse alcançar minha filha. A enfermeira ficou tão chocada que, na pressa de sair do quarto, tropeçou no soro junto à cama e o frasco de vidro se estilhaçou, derramando a solução salina no chão. Ela empurrou meu pai e Grace e saiu correndo em pânico.

– Chame o médico! – pediu minha mãe a meu pai, que me fitava espantado.

Levei a mão esquerda ao tubo em minha boca e o puxei, desesperado para removê-lo. Eu me sentia sufocar.

– Espere um minuto, querido, o médico está vindo! – bradou minha mãe, pondo a mão em meu ombro e segurando o bebê com o outro braço.

Quase imediatamente meu pai chegou com o médico que salvara minha vida da primeira vez. Quando ele me viu levantando a cabeça do travesseiro, aproximou-se e pôs a mão sobre minha testa para me acalmar. Ele removeu dois elásticos que saíam da minha boca e passavam atrás da cabeça e, com habilidade, retirou o tubo plástico que bloqueava minha garganta.

Inspirei uma imensa quantidade de ar e, pela primeira vez em muito tempo, fechei os olhos. Quando soltei o ar, tossi um pouco e comecei a chorar incontrolavelmente.

– Por favor, podem me dar licença? – pediu o médico a meus pais e Grace, amontoados em volta do meu leito.

– Vamos, querida, vamos deixar o médico fazer seu trabalho – disse meu pai, levando minha mãe e minha irmã para fora do quarto.

– Ele vai ficar bem, doutor? – perguntou minha mãe antes de sair.

– Ele está acordado – observou o médico. – Isso é tudo o que sabemos agora. Por favor, levem esse bebê de volta à maternidade.

– Graças a Deus! – falou minha mãe, aliviada.

– Eu sabia que ele ia acordar! – exclamou Grace toda alegre enquanto os três saíam do quarto.

CAPÍTULO • 14

NO DIA SEGUINTE, FIZERAM UMA CIRURGIA PARA remover a sonda gástrica que os médicos tinham posto em mim, e fui transferido para outro quarto na enfermaria.

Ironicamente, a mesma enfermeira que tentara me matar estava agora encarregada de cuidar de mim. Quando ela entrou no quarto, parecia apavorada.

– Bom dia – cumprimentou ela, nervosa, olhando para o chão.

– Bom dia – respondi no tom mais natural possível.

– Aqui está seu remédio. – Ela deixou um par de comprimidos na mesinha de cabeceira. Tensa, verificou se estava tudo em ordem no quarto enquanto eu a seguia com os olhos. – Se precisar de alguma coisa, pode me chamar pressionando esse botão.

Ela hesitou, e senti que queria descobrir se eu sabia o que acontecera.

– Obrigado, é muita gentileza sua! – respondi, fingindo que estava tudo bem.

Ela se dirigiu à porta e estava prestes a sair quando lhe perguntei:

– Aliás... o que aconteceu com a mulher que estava precisando de um rim?

Quando percebeu que eu sabia de tudo, a enfermeira ficou branca como a neve. Ela me fitou como se tivesse visto um fantasma.

– A mu... mulher? Está bem. Está bem. Encontrou um doador no mesmo dia em que você acordou – explicou ela, gaguejando e em pânico.

Ela não disse mais nada e saiu.

Mais tarde, descobri que logo depois ela e o médico que tinha planejado vender meus órgãos pediram demissão, com medo de que eu os denunciasse. Nunca mais ouviu-se falar deles.

Jamais vou esquecer o dia seguinte, quando minha família veio me ver. Minha mãe estava tão empolgada que entrou correndo no quarto e me deu um abraço de urso, pegou meu rosto nas mãos e me cobriu de beijos.

– É um milagre! Estou tão feliz de ver que você está bem de novo! – disse ela entre lágrimas e beijos.

– Mãe, eu queria tanto abraçá-la! Amo você de verdade – respondi, pondo o braço em torno de seus ombros, as lágrimas correndo pelo rosto.

Meu pai ficou nos observando, tentando conter o choro.

– Venha cá, pai. Não precisa disfarçar. Sei que você me ama tanto quanto eu amo você – falei, estendendo os braços para ele.

Ele se aproximou do leito e nós três passamos muito tempo nos abraçando e chorando juntos.

Depois disso, meu irmão e minhas irmãs entraram para me ver. Todos se espantaram ao saber que eu estivera consciente o tempo todo. Grace ficou radiante quando contei que ela tinha me ajudado a acordar. Ela não parava de se mexer e de segurar minha mão com orgulho.

A última a entrar no quarto foi Laura. Estava com nossa filhinha no colo. Todo mundo decidiu sair e nos deixar a sós.

– Oi, querido. Como está? – perguntou ela baixinho.

– Estou vivo graças a você e ao nosso bebê.

– Graças a nós?

– Sim. Foi só por causa de vocês que me agarrei à vida. Queria tanto conhecer nossa filha que isso me deu forças.

– Bem, aqui está ela – falou Laura, estendendo o bebê para mim.

Com cuidado, peguei-a no colo e a segurei junto ao peito. Eu estava hipnotizado pelo jeito como ela abria e fechava a boquinha.

– Ela se parece com você – observou Laura, dando um leve sorriso.

Ela se inclinou e me beijou os lábios.

Ficamos um tempo juntos, até que Laura precisou descansar porque ainda se recuperava do parto.

Naquela tarde, me senti o sujeito mais sortudo do mundo. Eu renascera, e agora tinha a oportunidade de recomeçar a vida, formar uma família e pôr em prática tudo o que havia aprendido nos últimos nove meses.

Agradeci a Deus, à vida, à natureza e ao Universo inteiro. Não havia dúvida de que eu fazia parte de tudo o que existe.

Fechei os olhos e pensei em meu guia. Chamei-o, mentalmente e em voz alta.

– Guia, meu amigo, quero conversar com você!

Tentei várias vezes, mas não obtive resposta.

Fiquei triste ao pensar que ele não estaria mais comigo, que eu não aprenderia mais com ele.

Naquela noite, quando eu estava adormecendo, ouvi sua voz soar bem longe:

– Não posso ir a lugar algum porque faço parte de você – disse ele. – Estarei aqui quando precisar de mim...

CAPÍTULO • 15

Ainda passei mais duas semanas no hospital, recuperando-me e recebendo visitas de médicos interessados no meu caso.

Quando eu estava prestes a receber alta, comecei a perguntar a todos sobre Faith. Queria lhe agradecer pela gentileza e pelo cuidado que tivera comigo. Recebi a mesma resposta várias e várias vezes: "Nunca houve ninguém chamado Faith trabalhando neste hospital." Nem mesmo minha família se lembrava dela.

Sua presença em minha vida vai ser sempre um mistério para mim.

Apesar de passar três meses na fisioterapia, não consegui recuperar a mobilidade por completo. Ando de bengala porque arrasto um pouco a perna esquerda, e não consigo mexer muito o braço direito. Nada disso, porém, é um problema – a alegria de poder me comunicar com os outros e participar da vida é tão grande que essas pequenas deficiências perdem a importância.

Laura e eu nos casamos e somos felizes. Moramos com nossa menininha em um apartamento modesto. Nossa vida passou a ter um novo significado e agora valorizamos as coisas mais simples.

Certo dia, decidi contar o que aprendi com essa experiência e comecei a escrever o livro que você tem em mãos. Quero lhe perguntar, meu amigo, minha amiga, meu irmão, minha irmã:

O que o mantém preso? Do que você é escravo? Das feridas que teve quando criança? Dos traumas da infância? Do que outra pessoa decidiu que você deveria ser? De um relacionamento frustrado? De um emprego de que não gosta? Da sua rotina?

Liberte-se! Tire das costas a bolsa em que guarda ressentimentos, arrependimentos e culpas. Pare de culpar os outros e o passado pelo que não deu certo em sua vida. Todos os dias você tem a oportunidade de recomeçar. Em cada manhã, quando abre os olhos, você renasce e recebe outra chance de mudar aquilo de que não gosta e de melhorar de vida. Tudo depende de você. Sua felicidade não depende de seus pais, de seu cônjuge, de seus amigos nem de seu passado. Depende apenas de você.

O que o impede de se libertar? Medo da rejeição? Do sucesso? Do fracasso? Do que os outros vão dizer? Das críticas? De cometer erros? De ficar sozinho?

Rompa as correntes com que se prendeu! A única

coisa a temer é não ser você mesmo, é deixar a vida passar sem fazer o que quer e não aproveitar a oportunidade de se mostrar aos outros, de dizer o que pensa, de dividir o que possui. Você faz parte da vida e, como todo mundo, pode manter a cabeça erguida. Os erros do passado foram esquecidos, os erros do futuro vão ser perdoados. Ninguém mantém um registro de suas falhas, a não ser você. Você é o juiz que o censura com rigor, o carrasco que o pune, o inimigo que o critica! Dê um descanso a si mesmo. Perdoe-se – só você pode fazer isso.

Quando você pretende dizer às pessoas que as ama e se preocupa com elas? Quando restarem apenas alguns instantes de vida para elas?

O amor que você não exprime hoje se perde para sempre. Lembre-se: a vida é tão curta e frágil que não temos tempo a perder com amargura nem com discussões bobas. Hoje é o dia de perdoar ofensas passadas e esquecer brigas antigas. Entregue-se às pessoas que ama, mas não espere que elas mudem. Ame-as pelo que são e respeite a dádiva mais valiosa que você e elas receberam: a liberdade.

Aprecie seus relacionamentos sem exagero. Se tentar obrigar todo mundo a fazer ou ser o que você quer, se tentar controlar as pessoas que o cercam, você vai encher sua vida de conflitos. Deixe que os outros tomem as próprias decisões, assim como você tem que tomar as suas com a meta de fazer o que é melhor para todos. Dessa maneira, você vai encher sua vida de harmonia.

Por fim, o que está esperando para começar a aproveitar a vida? Que todos os seus problemas se resolvam? Que seus traumas desapareçam? Que alguém reconheça seu valor? Que o amor entre em sua vida? Que alguém que partiu volte? Que tudo aconteça da maneira que você quer? Que a recessão econômica acabe? Que um milagre aconteça? Que tudo se torne belo e perfeito em um passe de mágica?

Acorde, irmão! Acorde, irmã! A vida não é o que acontece quando seus planos dão certo nem quando você obtém o que tanto queria. A vida é o que está acontecendo neste exato momento. A vida é agora, enquanto você lê estas linhas, onde quer que esteja e em quaisquer que sejam as circunstâncias. Bem agora, seu coração leva sangue a todas as células do seu corpo e seus pulmões garantem que o oxigênio chegue aonde é necessário. Neste instante, algo que não entendemos o mantém vivo e permite que você enxergue, pense, exprima-se, mova-se, ria e até chore!

Não subestime a vida. Não se acostume a acordar todo dia e ficar entediado, mal-humorado ou preocupado. Abra os olhos e agradeça pelo milagre de ter a capacidade de ver. Agradeça pela capacidade de ouvir os pássaros cantarem ou seus filhos rirem. Ponha as mãos no peito e sinta seu coração bater com força, lhe dizendo: *Você está vivo, você está vivo, você está vivo.*

Sei que a vida não é perfeita e que é repleta de situações difíceis. Talvez tenha mesmo que ser assim. Talvez seja por isso que recebemos todas as ferramentas necessárias para enfrentá-la: lágrimas para chorar a perda, palavras para demonstrar afeto, braços para abraçar, mãos para ajudar, um coração para receber e dar amor, uma mente que nos permite escolher a reação a qualquer coisa que aconteça.

Também sei que você não é perfeito. Ninguém é. Ainda assim, milhões de variáveis diferentes se juntaram para que você pudesse existir. Você foi formado de acordo com um projeto incrível e tem as mesmas virtudes e defeitos do restante da humanidade.

Compartilhe suas paixões, seus medos, suas feridas, suas fraquezas, seus segredos e seu amor com todos os seus irmãos e irmãs. Bem-vindo à espécie humana! E lembre-se: os ditos defeitos fazem parte da sua liberdade, da sua humanidade, quando você os reconhece.

Se estiver se perguntando quem sou eu para lhe dizer tudo isso, informo que não sou ninguém. Sou apenas uma versão diferente de você. Outro ser humano entre bilhões de seres humanos. Mas que decidiu ser livre e recuperar o controle da vida.

Espero que você faça o mesmo.

Conheça outros títulos da Editora Sextante:

OS CINCO CONVITES

Frank Ostaseski

Professor de cuidados compassivos, Frank Ostaseski reuniu as maiores lições que aprendeu ao longo de 30 anos acompanhando pessoas no leito de morte.

Unindo orientações práticas, histórias reais emocionantes e a sabedoria budista, o autor oferece um norte para quem está passando por alguma dificuldade emocional, lidando com uma perda dolorosa ou uma doença grave – seja ela sua ou de alguém querido.

Seus cinco convites são um chamado para colocarmos a vida em perspectiva e enxergarmos a sabedoria essencial que a morte tem a transmitir para todos nós:

Não espere: Aceitar que tudo acaba nos encoraja a parar de perder tempo com atividades desimportantes.

Aceite tudo, não rejeite nada: Quando estamos abertos, somos livres para descobrir, investigar e aprender como responder a tudo o que encontrarmos.

Traga tudo de si para a experiência: Para estarmos inteiros, precisamos incluir e aceitar todas as nossas partes, até aquelas de que não gostamos.

Encontre um lugar de descanso no meio de tudo: Esperamos encontrar a paz quando as circunstâncias mudarem, mas ela está sempre disponível dentro de nós.

Cultive o não saber: O não saber vai além do conhecimento. Ele é um convite a entrar na vida com olhos renovados, a esvaziar a mente e a abrir o coração.

UMA PROVA DO CÉU

Dr. Eben Alexander III

Cético, defensor da lógica científica e neurocirurgião há mais de 25 anos, o Dr. Eben Alexander viu sua vida virar do avesso quando passou por uma experiência que ele mesmo considerava impossível.

Vítima de uma meningite bacteriana grave, ficou em coma por sete dias. Enquanto os médicos tentavam controlar a doença, ele embarcou numa jornada por um mundo completamente estranho, onde conheceu seres celestiais e fez descobertas transformadoras sobre a existência da vida após a morte.

Quando os médicos já pensavam em desistir, o inesperado aconteceu: seus olhos se abriram.

A experiência o levou a questionar suas crenças. Afinal, como neurocirurgião, ele sabia que o que vivenciou não poderia ter sido algo produzido por seu cérebro, que estava praticamente destruído.

Por isso, o Dr. Eben decidiu compartilhar essa história para mostrar que ciência e espiritualidade podem – e devem – andar juntas.

Narrado com o fascínio de um paciente que visitou o outro lado e com a objetividade de um médico que tenta comprovar a veracidade de sua experiência, este é um livro emocionante sobre a cura física e espiritual e a vida que se esconde nas diversas dimensões do Universo.

Para saber mais sobre os títulos e autores
da Editora Sextante, visite o nosso site.
Além de informações sobre os próximos lançamentos,
você terá acesso a conteúdos exclusivos
e poderá participar de promoções e sorteios.

sextante.com.br